HUANGHE LIUGUO WODEJIA
SHIZUISHAN XINGJI

SHI ZUI SHAN

黄河流过我的家

石嘴山行记

侯晓杰 米振卿·编著

黄河出版传媒集团
阳光出版社

图书在版编目（CIP）数据

黄河流过我的家：石嘴山行记 / 侯晓杰，米振卿编著. -- 银川：阳光出版社，2022.11
　ISBN 978-7-5525-6560-7

Ⅰ.①黄… Ⅱ.①侯… ②米… Ⅲ.①新闻报道－作品集－中国－当代 Ⅳ.①I253

中国版本图书馆CIP数据核字(2022)第206648号

黄河流过我的家——石嘴山行记　　　侯晓杰　米振卿　编著

责任编辑　贾　莉
封面设计　晨　皓
责任印制　岳建宁

黄河出版传媒集团
阳光出版社　出版发行

出 版 人　薛文斌
地　　址　宁夏银川市北京东路139号出版大厦（750001）
网　　址　http://www.ygchbs.com
网上书店　http://shop129132959.taobao.com
电子信箱　yangguangchubanshe@163.com
邮购电话　0951-5047283
经　　销　全国新华书店
印刷装订　宁夏凤鸣彩印广告有限公司
印刷委托书号　（宁）0024680

开　　本　880 mm×1230 mm　1/16
印　　张　8.5
字　　数　120千字
版　　次　2022年11月第1版
印　　次　2022年11月第1次印刷
书　　号　ISBN 978-7-5525-6560-7
定　　价　48.00元

版权所有　翻印必究

开栏的话

提起黄河,石嘴山人民有一种难以言状的深厚感情。

从青藏高原奔腾而下的黄河水,裹挟着黄土高原的泥沙缓缓而至,在石嘴山境内先后流经平罗县和惠农区,全长108公里。在这里,她的步伐更加轻盈,所到之处留下了万亩良田和绿洲,为石嘴山农业灌溉、城市绿化、工业发展提供了源源不断的甘泉。

今日起,石嘴山新闻传媒中心各平台正式推出《黄河流过我的家——记者沿河行》专栏系列报道,采访小组将以沿路采风的方式,通过实地走访黄河流经石嘴山市沿线的各乡镇,以文字、图片、音视频等融媒体形式,推出黄河沿线村居的经济、文化、生态、旅游以及民风民俗故事,展示石嘴山市深入实施生态立市战略,全力开展全国生态示范市创建,开创黄河石嘴山段生态保护和高质量发展新局面的决心,并以此回望石嘴山人民奋力前行的60年,石嘴山经济社会持续快速发展的60年,石嘴山人民共享开发建设丰硕成果的60年。

目 录

黄河东岸：热了乡村旅游 活了农业产业 / 001

昔日沙漠戈壁滩 如今瓜菜产业园 / 007

靓了特色 活了产业 兴了乡村 / 012

科学种养绘就新时代"鱼米之乡" / 019

母亲河畔展新颜 / 024

建设特色小镇 共享幸福生活 / 031

昔日"纳污沟" 今日清水流 / 038

湿地治污需植物净化 人工湿地成治污利器 / 043

黄河水润稻米香 / 047

镇朔湖拦洪库改造：变害为利谋福祉 / 052

万亩良田助力陶乐镇精准脱贫 / 056

黄河岸边话幸福 / 060

昔日废品今成宝 巧手织出"金条条" / 064

"黄河宁，天下平" 幸福花开满长堤 / 071

汪家庄生态湿地：保"湿"，让母亲河永葆生机 / 076

黄河金岸育"金种" 小康路上谱新篇 / 079

番茄红了 日子火了 信心更足了 / 085

变废为宝 奏响"种养生态循环曲" / 090

农村环境改旧貌 美丽乡村展新颜 / 097

守护一湾清水 唱响致富赞歌 / 101

七彩园：从城市"伤疤"到城市花园 / 105

"老棚户"的新住处 / 109

盐碱地里"种"出的新希望 / 114

受益于邻 受惠于链——链式发展助力惠农区经济稳增长 / 121

宁夏最北小村子的老故事 / 126

百年水旱码头石嘴子 / 129

黄河东岸：热了乡村旅游　活了农业产业

　　沙漠黄河、小桥流水、春花竞放……信步走进平罗县高仁乡八顷村一家农家乐，随处可见如画般优美景致，更可感受到"大漠孤烟直，长河落日圆"的壮阔美景。

　　清明小长假，蕾牧高科生态园正式开门迎客，休眠了数月的农庄再次飘出农家饭香，从四面八方赶来的游客品农味特产、享农景

农趣，尽情感受着春的气息。

宁夏蕾牧高科农业发展有限公司成立于2014年，由该公司建造的蕾牧高科生态园目前已建成了养殖区、观光区、采摘区、农事体验区和餐饮中心，集种植、养殖、采摘、餐饮、住宿、娱乐为一体，是平罗县农村一二三产业融合发展的典范，同时也为八顷村多样化发展注入了新的活力。

同期声　游客李阳

"一场疫情让人身心疲惫，就想选择一处既空旷又不失美景的地方放松一下。节前专门对周边农家乐做了"攻略"，最终选择了这里，事实证明我的选择没有错。"

游客李阳带着一家人从永宁县赶来度假。在这里，大人们烧烤垂钓，孩子们在小型动物园里嬉戏，好不惬意。

同期声 蕾牧高科生态园总经理孙杰

"清明小长假让我们迎来了开门红,平均每天接待游客近400人次,收入达4万余元,每天仅牦牛肉就要消耗一头半的量,数十名员工全部到岗,保障疫情防控和复业两不误。"

据蕾牧高科生态园总经理孙杰介绍,生态园推出的"农家大炕忆乡情"活动及大锅炖牦牛肉、黑山羊肉等土特产品备受游客青睐,每年仅出栏牦牛就达1.5万头左右,2019年实现日均接待游客500人次,年收入800余万元。

前不久,宁夏回族自治区文化和旅游厅新命名了11个五星级乡村旅游点和26个四星级乡村旅游点,蕾牧高科生态园成功上榜五星级行列,距此1.5公里的平罗县欣凯休闲度假山庄(以下简称欣凯山庄)名列四星级榜单。

还未走进欣凯山庄，先看到一片生长在沙漠边缘的经果林，3万棵果树在黄河水的润泽下逐渐抽出嫩芽，山庄负责人王汉昌沉浸在其中，期待今年能够硕果累累。

王汉昌 2014 年来时，这里是一片沙丘，风吹沙走，寸草不生。

同期声 山庄负责人王汉昌

"离黄河这么近，不信就种不出绿色来。"

既然来了，王汉昌也没想着走，他开始整地、修路、打井、做绿化，黄土一车接着一车拉进来。很快，10 万棵竹柳和 1 万棵松树筑起了第一道防风林。两年后，沙退了，水来了，山庄也建起来了。

同期声　山庄负责人王汉昌

"这片果林是我的'聚宝盆',我计划把它打造成农庄农业观光旅游的支撑点,通过果林的采摘体验,吸引周边游客,带动整个八顷村乡村旅游发展。"

近年来,欣凯山庄以"家庭农场＋公司＋基地＋休闲农业"形式,大力发展绿色蔬菜种植、畜禽养殖、生态旅游、休闲度假、餐饮娱乐等生态农业和旅游项目,不仅满足了本地及周边市县市民的休闲、娱乐、度假需求,而且推进了当地基础设施建设和村民就业增收。

在欣凯山庄的火龙果种植大棚内,海玉莲和其他3位村民正在修剪果树枝。海玉莲2015年从彭阳县移民到八顷村。欣凯山庄建好后,她和村里近20位移民长期在这里务工。

近年来,高仁乡依托"沙漠＋黄河"的资源禀赋,抓住平罗县大力发展全域旅游的机遇,通过"旅游＋农业"的发展模式,让传统农业转变为具有较高附加值的旅游休闲产业。

同期声　平罗县高仁乡乡长苏万龙

"我们把发展乡村旅游作为城乡统筹发展的突破口、促进农民增收的主抓手,大力推动乡村旅游品牌化、全域化发展,打造最具潜力和特色的河东全域农业生态旅游示范园区,努力营造人与自然和谐共生的良好环境。"

2020年4月3日

昔日沙漠戈壁滩　如今瓜菜产业园

2020年4月7日，风和日丽，在平罗县高仁乡六顷地村的瓜田里，六顷地村"瓜王"常昊小心翼翼地栽种育好的瓜苗。

同期声 "瓜王"常昊

"家里种了10亩西瓜，每年瓜刚熟，就有好多客商来抢购。加上套种菟丝子的收入，一亩地一年能净挣4000多元，这在以前想都不敢想。"

六顷地村东临毛乌素沙漠，西靠黄河，空气干燥。虽然背靠黄河，但沙质土壤不保水、不保肥，传统的玉米、小麦等作物产量低，

农民收入难以提高。西瓜的试种成功给六顷地村农业发展带来了转机。

同期声 平罗县乐海山西瓜专业合作社社长张涛

"沙质土壤，昼夜温差大，光照充足，这些都非常适合西瓜生长。"

2006年，乐海山西瓜专业合作社成立，让六顷地村的西瓜种植走上了专业化的路子。在合作社的引领下，西瓜种植面积逐年增加。近年来，随着"乐海山"西瓜品牌的打造推广，六顷地村的沙漠西瓜受到各地客商青睐，远销北京、天津、成都、西安等城市。如今，合作社已发展到780户农户，2020年种植1.6万亩沙漠西瓜，每亩产量在4000公斤至6000公斤。

同期声 六顷地村村支部副书记张学山

"西瓜躺在沙漠中，睡在黄河边，不但口感好，西瓜皮、西瓜籽都有药用价值。现在西瓜种植已经成为村里的支柱产业，去年村里一共种了3000多亩西瓜，平均亩收入3000多元，户均西瓜收入达2万多元。"

六顷地村周边3个乡镇西瓜种植面积已达2万余亩，带动周边农户2000余人，"乐海山"品牌被自治区评为驰名商标和名牌产品，"平罗沙漠西瓜"获全国地理标志认证，成为当地农业产业的亮丽名片。

昔日河东沙漠地，如今瓜菜产业园，说的就是六顷地村乐海山沙漠西瓜产业基地。占地500亩的园区内，整洁的道路两旁，一座座覆膜大棚错落有致，大棚内鲜嫩的瓜菜秧苗长势喜人。连栋生态采摘园里，枝繁叶茂、硕果累累。生态长廊、农家小院、日光餐厅坐落其中，现代化智能温室和生态自然景观有机融合，吸引了不少游客前来观光体验。

在产业园一角，村民王宝军正驾驶着拖拉机给瓜地覆膜。王宝军家有40亩地，过去忙碌一年也就挣个3万多元，近几年，村上特色种植、养殖合作社遍地开花，王宝军也打起了小算盘。

同期声 村民王宝军

"我把20亩地流转给乐海山西瓜专业合作社，每年收入6000多元，剩余的20亩地和附近的牛场签了订单，种植青贮玉米，每年能收入2万多元。腾出手再到合作社打零工，每年也能挣个2万多元，这样算下来，一年挣个五六万元不成问题。"

产业兴旺，群众富裕，乡村才能振兴。

近年来，六顷地村结合村庄实际，依托当地农林资源，借助全域旅游聚集效应，以绿色农业为基础，以"乐海山"沙漠西瓜为产业核心，以美丽家园建设和体验田园风光为依托，在发展过程中，注入西瓜元素、沙漠元素、黄河元素。目前，六顷地村已建成日光温室1座，连栋温室1座，大跨度全钢架拱棚40座，占地面积100亩。建设露地瓜菜新品种展示区30亩，展示瓜菜新品种100多个。

六顷地村被农业农村部授予第三批全国一村一品示范村,被科技部评为"西瓜种植科普示范基地",被石嘴山市评为石嘴山市河东现代农业示范区。

景在村中、人在绿中、美在心中。如今,"破茧而出"的六顷地村,正朝着人居环境美丽、特色产业崛起、发展美丽经济的乡村升级前进。

2020年4月13日

靓了特色 活了产业 兴了乡村

1个国家地理标识认证品牌、2个特色种养殖园区、3个四星级以上特色品牌农庄、4个村集体经济合作社，平罗县高仁乡依托东接沙漠、西枕黄河的独特地理位置和自然条件优势，集中发展草畜一体化、沙漠西瓜、农旅融合三大特色产业，按下乡村振兴"快进键"。

特色瓜菜品牌助农增收

同期声 高仁乡乡长苏万龙

"高仁乡走特色产业发展之路，是经过了乡、村两级干部多年探索、尝试才逐步确定下来的。'乐海山沙漠西瓜'这个国家地理标识认证品牌，从尝试种植到品牌确定，前后历经14年。"

高仁乡境内地势平坦，采取扬黄灌溉，排灌条件完善。2004年，几户农民尝试着在沙质土地上种植西瓜，获得了产量和销售双丰收，以六顷地村为中心的周边农户纷纷效仿；2006年，乐海山西瓜合作社成立；2015年，全乡沙漠西瓜种植面积已达到近1万亩。但随着种植规模扩大，知名度不高、无品牌可识别、外销渠道不畅造成的"丰收不增收"现象长期困扰着西瓜种植户。

"没有品牌，就没有身价。"高仁乡领导班子意识到，要让资源优势变为经济优势，必须让农产品有自己的商标。2015年，高仁乡开始谋划发展第一批特色农产品，组织人员对农产品进行品牌策划包装，申请"乐海山"注册商标。2016年，"乐海山沙漠西瓜"被评为"宁夏著名商标""宁夏老百姓喜爱的商标品牌"，供当地农产品种植户和乐海山西瓜合作社无偿使用，主打西瓜这个生态农产品。

在平罗县、高仁乡两级党委、政府帮助下，乐海山西瓜合作社

与宁夏农科院、中国航天育种中心等科研单位建立长期合作关系，宁夏农科院教授王怀松成为合作社的定点指导专家。乐海山西瓜合作社也成为石嘴山市和平罗县农业技术推广中心的新技术示范基地，相关技术人员定期到基地指导技术。2019年，平罗县高仁乡"平罗沙漠西瓜"获得地理标志认证。当年，县、乡两级政府再次支持乐海山西瓜专业合作社新建1万平方米瓜菜大棚8座，建成300亩瓜菜种植园区3个，依托沙漠西瓜品牌，带动平罗县河东地区年种植西瓜面积达到1.6万亩以上，连续三年承办了石嘴山沙漠西瓜文化节。

草畜一体产业方兴未艾

同期声 高仁乡副乡长赵雪

"我们依托盛华阳光产业园和乐牧·高仁草畜产业集聚区两大产业基地，发展草畜一体化产业，不但获得了可观的经济效益，还产生了极大的生态效益，既大幅度增加了土壤植被，减少了土肥流失，又可以改善农业生态环境，实现以种带养、以养促种、种养结合的生态循环，为农业可持续发展奠定了基础。"

近几年，高仁乡以建立适应市场、产销紧密结合、收入分配合理、高效运行的种、养、销一体化的产业链为目标，加快推进奶牛、肉牛产业工业化进程。规划总投资5.2亿元，占地面积1.36万亩的盛华阳光产业园，以"联合体＋基地＋农户"经营模式，发展和培育宁夏特色品牌"盛华阳光"牛羊肉、特色家禽及绿色有机蔬菜。

截至2019年年底，产业园共吸纳65家投资商户入驻园区发展

生态农业，已成为集绿色饲草种植、青贮饲料加工、良种繁育、标准化育肥、定点流通销售、特色餐饮六位一体的循环产业园。乐牧·高仁草畜产业集聚区，已建成占地100亩的西部首家内陆进口活畜隔离场，形成2000头进口活畜的隔离能力。引进澳大利亚优质安格斯牛种资源、优选具有区域特色的牛种资源，形成3000~5000头存栏能力的国家级优质肉牛种源繁育基地。

农旅融合发展效益初显

近年来，高仁乡抓住平罗县被确定为全域旅游示范县和乡村旅游示范县的契机，依托自身依沙傍水的地理条件优势和发展草畜一体化、沙漠西瓜两大生态产业的成果，不断加快乡村旅游产业发展，全乡已拥有五星级农家乐1家，四星级农家乐2家，正在申请星级评定的农家乐10多家，发展势头强劲。

走进正在建设中的六顷地村四队村口的怀旧文化园内，整齐的校舍、斑驳的门窗、朴素的课桌板凳……处处可见儿时的记忆。

同期声 六顷地村党支部副书记张学山

"我们让游客逛小学校园、观校史村史馆、上思想教育课、品绿色农家菜，以物忆情，追忆儿时光阴，回忆少年风采,全方位品味怀旧文化。"

"下一步,我们还将更加细致深入地打造乡村旅游产业,充分发挥地理优势和文化特色,将黄河岸边、沙漠瓜菜、百年老树等旅游资源融合衔接,建成旅游产业发展集群,使游客来了不想走,走了还想来。"

拥有沙水生态资源的不止一个六顷地村,"农业+旅游"融合趋势下,盛华阳光产业园和乐牧·高仁草畜产业集聚区内多家企业也在做好种养殖业的同时,把做大做强农旅融合产业列入发展规划,在体验类、观光类、亲子类农旅融合子项目上的投资逐年加大。据了解,截至目前,高仁乡已有集民俗农耕体验、田园风光、瓜果蔬菜采摘、城市近郊度假于一体的生态农场、观光农庄、精品民宿等经济实体5家。2019年,全乡休闲观光农业、农家乐、民宿接待游客9.7万人次,实现综合收入314万元。

2020年4月20日

科学种养绘就新时代"鱼米之乡"

又快到开渠引水、种植水稻的时节，家住平罗县通伏乡通城村的种粮大户周生林最近一直在忙：整理土地、施肥播种、开挖鱼塘……今年，这位在乡上小有名气的种粮大户又有"大手笔"：不仅又流转了600多亩土地开展稻渔综合种养，而且把最好的350亩稻田拿出来搞稻蟹共生种养。

> **同期声** 种粮大户周生林

"稻蟹共生种养模式就是让稻养蟹、蟹养稻。在稻蟹共生种养的环境下，蟹能清除田中的杂草、吃掉害虫，排泄物可以肥田，改善水质促进水稻生长；而水稻又为蟹的生长提供丰富的天然饵料和良好的栖息条件，互惠互利，形成良性生态循环，达到'一水两用、一田双收'的目的。"

站在通伏乡绿色富硒稻渔综合种养项目的稻田边，周生林滔滔不绝地向记者解释这种共生模式。

一次投入350亩优质稻田尝试稻蟹共生种养，底气来自周生林近几年蹚出的一条科学种养之路。

46岁的周生林是通城村一位地地道道的农民，也是本村的党员致富带头人。2009年，趁着农村土地制度改革的春风，周生林流转通城村土地1260亩，并于2013年成立了平罗县绿康林家庭农场，在惠民政策和农业部门的支持下，周生林的家庭农场逐渐走上了规模化、标准化、现代化道路。

同期声 种粮大户周生林

"我们过去这个田,一条子田三五十个埂,现在一条子田就三五个埂,'小块田'变成'大块田',各方面都节省。'小块田'变成'大块田'后,每亩人工能节省40元,机耕费节省20元。利用测土配方施肥后,每亩田又节省30元。现在上了精量穴播机每亩地节省种子10公斤,又是40元。每亩耕地可节约生产性投入130元。"

近几年,随着各项惠农政策和盐碱地改良项目的实施,通城村抓住改革发展机遇,成立了土地信用合作社,收储农民耕地4000亩,将过去"零碎化"土地"化零为整",将"小块田"通过规划整合变成"大块田",流转给家庭农场和种植大户种植,不仅提高了土地利用率、机械化率和新品种推广率,还让村集体和农民收入大幅提高。

感受到规模化种植带来的好处后,周生林又把眼光投入到引进新品种、采用新技术上来。

同期声 种粮大户周生林

"我们刚开始种地跟农户一样，农户种啥我们种啥，种了几年几乎没有啥收入，从2015年开始，我们积极响应政策号召，尝试选用成本较高的优质水稻种子，采用测土配方、精量穴播等科学种植技术获得成功，种的稻子每公斤比其他农户多挣四毛钱。"

2017年，尝到科学种植甜头的他拿出250亩地大胆尝试稻渔种养，种出的水稻每公斤又比前一年多卖了四毛钱，算下来一亩地比之前又增收200元至300元，加上养鱼的收入，每亩又能增收500多元。

同期声 种粮大户周生林

"过去这个沟全是草，这两年养鱼之后草也没有了，稻不用施肥，鱼不用喂料，既省心又保证品质，还能多卖钱。"

稻因鱼而优，鱼因稻而贵。据了解，通过稻渔综合养殖模式，水稻每亩产量预计600公斤，以优质水稻价格每公斤3元计算，每亩收入1800元，秋收成鱼每亩100公斤，每亩收入1200元，如此计算，每亩可实现收入3000元。

> **同期声** 通城村党支部书记马义
>
> "过去，通城村精量穴播只有周生林搞了500多亩，如今，在周生林等种粮大户的带动下，通城村开展精量穴播就有6000多亩，采用测土配方施肥5000多亩，全村种植优质水稻的面积增加了60%。2019年，通城村农民人均可支配收入达到1.8万元。"

多年来，通伏乡抓住水稻种植主脉，积极跑项目、引资金，加大水利基础设施建设和优质水稻种植园区建设，引进稻花香、吉宏6号等名优品种，扩大宁粳系列优质水稻种植面积。2019年，又以通城村、永华村、新潮村、兴林村为核心片区，建立稻渔生态综合种养技术示范基地5个共2400亩，2020年在全乡推广稻渔综合种养示范项目8500亩。通过推广优质品种、优化种植模式，促使水稻生产不断迈上新台阶，成为石嘴山市水稻种植产业第一大乡。

昔日"多而杂""小而散"的旧面貌逐渐被"大而长""大而强"的链式发展新格局所取代，乡村振兴的美丽画卷正徐徐展开，鱼米之乡正展现出它的最靓"颜值"！

2020年4月27日

母亲河畔展新颜

站在宁夏平罗天河湾国家湿地公园塞上江南博物馆向远处眺望，黄河宛若一条金色的彩带，将天河湾挽入怀中。俯瞰湿地公园，林带环绕、灌草翠绿、蒲苇摇曳，鸟儿或在水草间散步觅食，或在枝头拍打着翅膀。

在宁夏平罗天河湾国家湿地公园工作了 20 年的护林队队长胡月朝看到这一幕，思绪万千。

同期声 护林队队长胡月朝

"俗话说，种地莫种河滩地，但在过去仍有很多村民来这里抢耕抢种，不但破坏了原有的生态系统，还污染了水系。如今，守护绿水青山的理念逐渐深入人心，村民们不仅自愿退耕了 900 多亩河滩地，还积极加入到湿地公园建设的队伍中。"

宁夏平罗天河湾国家湿地公园东靠黄河，西临滨河大道、城滨路等主干道路，总面积 3900 公顷。其中，湿地面积共有 1603 公顷，湿地率为 41.10%，包括洪泛平原湿地、湖泊湿地、沼泽湿地和人工湿地 4 个湿地类型。多样的湿地类型和良好的生态系统孕育了丰富的水、草、树木，造就了独特的黄河中上游地区的湿地景观，是黄河宁夏段野生动物重要的栖息繁衍地。

同期声 宁夏平罗天河湾国家湿地公园管理中心负责人周伏军

"10 年前，我们对母亲河的保护还局限于造林护岸，保持水土。在习近平生态文明思想的指引下，平罗县统筹山水林田湖草系统治理，天河湾湿地得到有效恢复，让我们的母亲河平罗段沿岸绿起来、美起来！"

近几年，平罗县对宁夏平罗天河湾国家湿地公园先后组织实施了中央财政湿地补贴资金、森林抚育等重点工程项目，累计争取到各类项目资金2500余万元，对天河湾国家湿地公园进行生态保护、科普宣教、科研监测、休闲游憩等功能的统筹恢复治理，完成造林绿化面积978亩，栽植乔木沙枣、新疆杨、河北杨、红柳、柽柳、紫穗槐等各类苗木18万株，完成封滩育草3000亩，种植荷花40亩，累计1.3万株，实施清淤7.45万立方米，建设生态隔离沟2143米，进一步保护和恢复植被，有效遏制水土流失，植被覆盖率已由原来的不足40%提高到了85%。公园内湿地资源得到了有效的保护和恢复，2019年12月，天河湾湿地公园正式获批国家级湿地公园。

同期声 宁夏平罗天河湾国家湿地公园管理中心负责人周伏军

"通过植被恢复、水系疏浚、溢流堰和节制闸等湿地恢复工程建设，营造了良好的湿地鸟类栖息环境，每年吸引数万只鸟类到湿地公园栖息、觅食，其中包括黑鹳、中华秋沙鸭、大鸨等重点保护鸟类。野生动植物种群数量明显增加，鸟类数量由112种增加到了182种，植物数量由183种增加

到268种。经过系统恢复，天然植被、人工林、草地、灌丛等植被连为一体，形成了一个独特的自然植被生态群落，构成了一个完整的生态湿地系统，区域小气候作用更加明显，湿地的生态效益、社会效益和经济效益初步显现。"

平罗县高仁乡六顷地村位于天河湾国家湿地公园东南部，受湿地小气候作用影响，村内白墙黛瓦、果树花满枝头，百年老树在游客的闪光灯下焕发勃勃生机。近年来，天河湾国家湿地公园周边乡镇将黄河湿地生态优势转化为发展生态经济优势，以田园、绿色和生态为切入点，不断加快乡村旅游产业发展，湿地周边已拥有生态农场、观光农庄、精品民宿6家，正在申请星级评定的农家乐有10多家，发展势头强劲。村民们在打造山水美景的同时，不断拉动美丽经济的增长。2019年，周边农家乐接待人数和收入较上年同期分别增长了93%和134%，乡村游、生态游已经成为拉动农村经济的重要引擎。

绿水青山展新颜，诗意美景踏歌来。享受到绿水青山带来的"美丽实惠"，湿地公园周边的村民也开始纷纷加入到湿地保护与建设中来。

同期声 天河湾国家湿地公园管理中心负责人周伏军

"目前,湿地公园周边两个村都与我们签订了共建共管协议,主动承担保护管理责任。结合每年开展的林木抚育、除草等工作,周边群众就到公园内进行劳务,共同参与湿地公园建设,营造了保护湿地、爱护湿地,共建共管的良好氛围。"

蓝天白云芦苇荡,波光碧影映鸟飞。放眼天河湾国家湿地公园,百鸟翔集,戏水亲沙。芦苇丛中,苍鹭起,白鹭回;夹心滩上,野鸭卧,鸿雁飞;偶尔有调皮的鱼儿跃出水面,呈现出一幅生机勃勃、和谐共生的生态湿地美景图。

同期声 天河湾国家湿地公园管理中心负责人周伏军

"下一步,我们将进一步深入学习贯彻习近平总书记在黄河流域生态保护和高质量发展座谈会上的重要讲话精神,统筹山水林田湖草系统治理,不断提高天河湾国家湿

地公园保护与管理能力。以平罗县全域旅游示范县建设为契机,加大配套基础设施建设,建成集湿地资源展示、湿地观光游览、休闲娱乐于一体的湿地生态公园,为人民群众提供更多优质生态产品,让母亲河真正成为老百姓的幸福河。"

2020 年 5 月 11 日

建设特色小镇　共享幸福生活

　　初夏时节，站在平罗黄河大桥上，仰望天空，天高云淡，空气爽朗；俯视桥下，长河静流，绿意盎然。69岁的王福保深吸一口气，发出了这样的感叹。

　　同期声　王福保

　　"这条曾经让几代河东人出行犯难的黄河，如今成了人们脚下的风景。"

　　王福保年轻时在原陶乐县多个部门工作过，陶乐撤县后进入银川市工作。退休后，他毅然回到平罗县陶乐镇安享晚年。每天早晨6点，王福保准时出门在家门口的公园锻炼1小时，再到社区"老饭桌"

花两块钱吃一顿营养早饭。然后,约上三两老友,骑着自行车在镇子周边转一圈。

同期声 王福保

"咱这儿现在是自治区级特色小镇,无论基础设施还是生态环境,要啥有啥,我们的幸福感越来越强。"

作为自治区级特色小镇,2019年,陶乐镇按照"规划是引领、项目是抓手、产业是核心、文化是灵魂、增收是落脚点"的总体思路,坚持特色小镇、中心镇、乡村振兴建设"一盘棋"思想,坚持"面子"和"里子"并举、"颜值"和"气质"并重,从事关民生福祉的基础设施和生态环境抓起,着力打造"康养+旅游""康养+农业""康养+生态"多元一体的康养特色小镇,共谋划各类项目24个,计划投资1.19亿元,其中,基础设施类12个,生态治理和产业发展类各6个,力争将陶乐镇建设成为人文气息浓厚的居住区、生态环境优美的旅游区、特色鲜明的产业区。

同期声 王福保

"过去,我们出行尽量选择去一些路况好、有花有草的地方，但那样的环境少之又少。近几年就不同了，走出家门就是中心公园，再远一点是文化广场，如果选择骑车出行，西环路、镜湖健身公园、庙庙湖生态旅游区都是不错的选择。"

驶出黄河大桥，王福保骑车向河东岸的陶乐镇驶去。进入西环路，虽然还未进入陶乐镇中心，但已经让人感受到陶乐镇发展的主色调。宽阔的绿化带里各种植物形成高低错落、色彩斑斓的景致，于蓝天白云之下，入眼皆青翠，一路皆风景，绿意沁心脾。

增进民生福祉始终是陶乐镇创建特色小镇的出发点和落脚点。近年来，陶乐镇新建了西环路，拆除了花园街"钉子户"及西环路沿线7户国有土地房屋，成功打通了花园西街、振兴西街等"断头路"，实现了镇区内道路闭合通达，连通了西环路、北环路、花园街等镇区主干道路给排水系统，有效解决了镇区道路不通、制约群众生产生活出行的问题，镇村路网延伸更加顺畅、便捷。"没修西环路之前，可没这么好走，多几辆车都会拥堵，现在来了陶乐镇的人都说这里和城市没什么区别。"曾在发改部门工作过的王福保说起如今的城镇建设成果，话语中透露出几分骄傲。

同期声 王福保

"再带你们去镜湖看一看，那儿过去就是个垃圾坑，现在可美着呢！"

走到西环路中间段的王福保又掉头驶向刚刚建好的镜湖健身公园。占地55亩的人工湖碧波荡漾，观光栈道蜿蜒盘卧在湖中央，走在上面犹如人在画中游,湖边的观光台和健身步道也为群众提供了观光和健身的好去处。

陶乐镇以"五城联创"和新时代文明实践为抓手,不断加强农村精神文明建设,深入推进民风建设,弘扬文明乡风,建设美丽家园。路过陶乐镇文化广场,随处可见打羽毛球、跳舞、下棋的居民。

同期声 王福保

"只要进入陶乐镇,过一条街就是一个公园,西有镜湖、西环路,东有中心公园和广场,不愁没去处。"

王福保最喜欢去的便是改造提升后的中心公园。在这里,可以漫步于孝善、仁义、尚礼、启慧4个广场间感受中华之美德,也可以在休闲步道和健康慢跑道亲近自然。

同期声 王福保

"老哥,看你咋有些面生?"

现场声 贾汝明

"哈哈,你好眼力,我特意从银川过来的,在宾馆住了一个多月了。"

据了解,自三月份复工后,贾汝明的儿子来到陶乐镇干工程,看到陶乐镇的环境舒适宜人,便专门将父亲接了过来。

现场声 贾汝明

"我每天都到这个公园来锻炼,儿子说有空带我去周边再转转。"

现场声 王福保

"老哥,那你就来对了,在这儿多住些日子你会发现还有很多好去处,身体不舒服了不远处就是县人民医院分院,每天都有专家坐诊,不方便出门了就打电话咨询家庭医生,我有多种慢性病,每隔半个月他们都会上门随诊,再过两个月中医理疗馆建好了,到那会儿不管中医西医都能看……"

陶乐镇东靠毛乌素沙漠、西临黄河,地处宁夏河东现代农业产业示范带核心区,沙漠、黄河、湖泊等自然资源丰富,大漠文化、黄河文化与田园文化交相辉映,曾被评为全国休闲慢生活体验村镇、中国最具发展潜力特色名镇,特色小镇建设更是让陶乐宜居、宜游、宜业。

五一假期,位于陶乐镇的高老庄休闲农庄实现了开门红,负责人高新强喜笑颜开。因为冬天处于旅游淡季,加之疫情影响,高新强的农庄已经半年没有营业。节前,他下大力气对农庄的基础设施进行改造完善,还结合本地特色在菜品上推陈出新,为开门迎客做足了准备。

同期声 陶乐镇高老庄休闲农庄负责人高新强

"通过特色小镇建设，陶乐的名气越来越大，愿意来这里游玩的人越来越多，这对于我们来说是很好的机会，我们一定要把握时机和导向，紧跟国家政策，大力发展乡村旅游，助力乡村振兴。"

2019年，陶乐镇大力发展生态旅游业，实施庙庙湖4A级、拉巴湖3A级旅游景区创建，网红摇摇桥、露营基地、四合院改造等提升工程，成功申报国家沙漠公园项目，统筹整合、营销推介农家乐、特色饮食等资源要素，累计接待游客30万人次，实现旅游总收入4500万元。

保障黄河长治久安，让黄河成为造福人民的幸福河。作为因河而起、因河而兴的特色小镇，陶乐镇着力在"特"字上做文章，依托沙漠瓜菜特色产业基础，做大做强以庙庙湖现代农业示范园区为核心的沙漠瓜菜产业，结合生鲜电商、智慧农业、订单农业、休闲农业的不断延伸扩展，进一步发展特色、高效、新型农业，统筹推进生态保护和高质量发展。

2020年5月18日

昔日"纳污沟" 今日清水流

黄河由南向北纵贯平罗全境63公里，是平罗县主要过境河流和农业主要灌溉水源，年引水6.8亿立方米。排水沟主要有第三、第四和第五排水沟。其中：典农河下段（第三排水沟）全长为34.4公里，主要承担农田排水，兼泄山洪，最终从高荣退水闸流入黄河，对河道沿岸居民生产生活和黄河平罗段的生态、水质产生重要影响。

由于三二支沟、十一分沟等18条支斗沟，40余条农田排水沟道汇入典农河，典农河接纳了沿途贺兰、大武口、平罗8个生活、工业污水处理厂尾水，以及沿途的农田、渔业养殖退水，COD、氨氮、总磷严重超标，长期属劣V类水体。在老百姓眼中，典农河就是一条杂草丛生、鱼虾绝迹的"纳污沟"。

同期声　市生态环境局平罗分局副局长李晓佳

"真是不容易，曾经让人头疼的'纳污沟'，终于变身清水河了。你看，像白鹭、黑鹳这样的野生鸟类也来这里散步觅食，这就是生态治理成效的最好见证。"

李晓佳口中的"纳污沟"名叫典农河（原第三排水沟），平罗境内全长34.4公里，控排面积27万亩，平均流量33万立方米/天，年总流量1.2亿立方米左右。

同期声　市生态环境局平罗分局副局长李晓佳

"改造前无论是对周边居民的生活还是园区的发展都造成很大影响。因为这条河的水质问题，导致我们县连续两年在全区河长制的考核中都是倒数，压力非常大。"

面对巨大的环保压力，平罗县强化源头管控长效治水。实施平罗县第一、第二污水处理厂提标改造工程，县城生活排水均达到排放标准。坚决取缔企业直排口，督促循环产业园32家涉水企业建设污水预处理设施和在线监测设施，在涉水企业污水排放口安装控制阀门和流量计，实现对企业排水量和排污指标全程监控，确保源头

来水达到设计处理能力和标准,污水处理厂实现稳定达标排放。

通过源头管控和中段监督,有力地推进了重点入黄排水口的水质改善。

站在威镇湖人工湿地堤岸上,清新空气让人心旷神怡,湖面上波光潋滟,水莲树影,野鸭、白鹭,戏水亲沙。威镇湖像一面温润的玉盘牵着典农河的衣襟。

同期声 市生态环境局平罗分局副局长李晓佳

"以前这片区域因为地势低洼,成为农田退水、生活排污的一个排水塘、臭水坑。围绕典农河生态治理,我们把它改造成一个治污性人工湿地,建设了威镇湖氧化塘项目。"

威镇湖氧化塘项目总用地面积为 1612.65 亩，其中：水域面积 1121.7 亩，陆域面积 490.95 亩。项目设计进水 15 万立方米/天，主要采用"多级厌氧好氧＋滤料＋人工水草"的净化工艺。通过反复循环净化出水达到地表水Ⅳ类。2019 年 7 月 18 日开始正式进水调试运行，每天进水量 13 万立方米，目前水质由进口劣Ⅴ类提升至优于Ⅴ类。

> **同期声** 市生态环境局平罗分局副局长李晓佳
>
> "治污性湿地不失为一剂行之有效的改善环境良方，它不仅具备净化污水的功能，还拥有湿地的各种功能，在调节生态平衡、提高蓄水防洪能力、美化环境等方面具有很好的效果。也正是因为这个原因，我们在典农河畔建设了 3 个功能不同的人工湿地。"

近年来，平罗县一方面强化源头管控长效治水，另一方面谋划实施关键性工程。规划建设了 3 万立方米/天循环产业园污水处理厂二期项目，实现园区工业污水全部收集处理。建设处理能力 15 万立方米/天威镇湖人工湿地、4 万立方米/天典农河（三排庄）人工湿地、5 万立方米/天三二支沟人工湿地 3 个水污染治理项目。目前，威镇湖人工湿地已建成运行，典农河（三排庄）人工湿地、三二支沟人工湿地已完成 95% 的建设任务，计划 6 月建成投用。

3 个湿地项目建成后，一方面对平罗县工业生活污水全部进行了湿地净化处理，另一方面对典农河上游 16 万立方米/天的来水进行了截流净化处理，年处理总量占典农河总量的 73%，有力地削减了典农河污染总量。此外，平罗县还规划建设规模 5 万立方米/天中水回用项目，将工业、生活污水全部深度处理达到回用标准，一方面缓解工业园区水资源不足的问题，另一方面从根本上解决典农河水质不达标的问题，切实改善典农河水质。

> **同期声** 市生态环境局平罗分局副局长李晓佳
>
> "污染治不好，群众就不认可，全面小康质量就会打折扣。下一步，我们将加大生态治理力度，统筹推进饮用水源、黑臭水体、工业废水、城镇污水、农村排水'五水同治'，实施好典农河、四排、五排、翰泉海等水系综合治理工程，全面完成循环产业园污水处理厂二期、三二支沟和三排庄人工湿地等项目建设，确保黄河流域平罗段水质稳定保持在Ⅲ类以上。"

2020年5月26日

湿地治污需植物净化　人工湿地成治污利器

典农河平罗段全长 34.4 公里，控排面积 27 万亩，平均流量为每天 33 万立方米，年总流量 1.2 亿立方米左右。沿途汇入三二支沟、十一分沟等 18 条支斗沟，40 余条农田排水沟道，主要承担沿途贺兰、前进农场、大武口、平罗 8 个生活、工业污水处理厂尾水以及沿途的农田退水，水质长期为劣 V 类，是自治区重点监测的入黄排水沟之一。

同期声 平罗县水务局建管中心副主任马学文

"从 2016 年到 2018 年，典农河入境（贺兰入平罗）断面平均水质为持续劣 V 类，出境（平罗入惠农）断面水质持续为劣Ⅴ类，总体水质没有明显改善。2019年，虽然8月、9月水质有所改善，但全年出境断面水质仍为Ⅴ类，环保压力非常大。"

2020年，平罗县一方面强化源头管控，实施县城第一、第二污水处理厂提标改造工程，坚决取缔企业直排口，确保源头来水达到设计处理能力和标准，污水处理厂实现稳定达标排放；另一方面规划建设了3万立方米/天循环产业园污水处理厂二期项目建设和4万立方米/天典农河（三排庄）人工湿地等项目。对平罗县工业生活污水全部进行了湿地净化处理，实现达标排放。

典农河流域平罗段（三排庄）水环境治理人工湿地项目工程位于第三排水沟与陶左公路交会处，工程总面积951亩，由提升泵站工程、水平潜流人工湿地工程、高效表流人工湿地工程、自然水塘工程、生态绿化工程、巡检道路等部分组成。

据介绍，项目采用"水平潜流+表面流"的组合湿地处理工艺，处理循环经济产业园污水处理一级A达标排放尾水，结合第三排水沟水质现状，建成日处理能力4万立方米人工湿地26.2万平方米。其中，水平潜流人工湿地工程面积8万平方米，高效表流人工湿地面积17.9万平方米。

> **同期声** 平罗县水务局建管中心副主任马学文

"采用技术先进、操作管理简易、系统运行稳定、水质稳定达标是这个项目的主要特点。污水出水厂尾水通过提升泵站进入工程区的前端水平潜流湿地，经过水平潜流湿地的处理后，高效表流人工湿地面积17.9万平方米。通过设置的溢流堰将水平潜流湿地处理完的水排入下级表流湿地内，经过表流湿地处理，进入人工开挖的自然水塘，最后排入第三排水沟。目前项目已经基本完成，计划6月份全面投入运行。"

在项目建设现场，十几名工人身着水裤，一字排开，在水塘底部种植水生植物。

同期声 平罗县水务局建管中心副主任马学文

"湿地水生植物主要包括挺水植物、沉水植物和浮水植物。不同植物种群配置对人工湿地净化能力的影响不同，不同的植物类型对不同的污染物质具有一定的针对性。对氮和磷去除效果较好的湿地植物，如茭白、芦苇、灯心草。对重金属有较好去除作用的植物是宽叶香蒲，且对Pb、Zn、Cd等重金属有较好的祛除作用。我们这个项目配置了比较多的植物，多物种的人工湿地生态系统较稳定，不仅保证了物种多样性，而且对病虫害生物防治有非常好的效果。"

据了解，典农河流域平罗段（三排庄）水环境治理人工湿地项目采用先进的自然生态技术进行治理维护，将水体净化维护和生态建设结合起来，建立与之相应的水生生态系统，不仅对水体污染物处理的功能能够加以补充，有利于实现人工湿地生态系统的完全或半完全自我循环，而且在视觉上相互衬托，形成丰富又错落有致的景观，成为居民放松心情、休闲娱乐的好去处。

2020年5月26日

黄河水润稻米香

"天下黄河富宁夏",宁夏平均海拔1100~1200米,因"黄金纬度"和得天独厚的气候条件,使宁夏成为世界水稻种植独一无二的区域,自古就有"鱼米之乡"的美誉,是古代"贡米"的发源地。2008年,宁夏大米获得农业农村部农产品地理标志认证。2016年,在首届中国大米品牌大会上,宁夏大米被评为2016中国十大大米区域公用品牌。

同期声 平罗县通伏乡副乡长王苓苓

"农产品区域公用品牌是特色农业的'地域名片',如何立足资源优势,擦亮中国优质水稻原产地的地域品牌,发展与之紧密结合的优质产业,一直是我们探索农业高质量发展的重要课题。"

通伏乡地处宁夏北部灌区的核心区，共有耕地面积 14.7 万亩。因得黄河之利、灌溉之便，农业生产条件优越。肥沃的土地和优越的农业排灌系统为当地优质水稻生产奠定了坚实的基础。多年来，通伏乡一边通过推广优质品种、优化种植模式，促使水稻生产不断迈上新台阶；一边积极推动水稻大米加工企业规模化、集约化经营，形成了规模效应，促进品牌集聚。如今，通伏乡成长起来的超娃米业、昊帅米业等一大批特色鲜明、质量过硬的农业品牌，为区域农业产业发展提供了有力支撑。

同期声 宁夏超娃米业有限公司电商运营部负责人狄荣

"这是我们厂 2015 年购进的低温稻谷烘干塔，它的处理能力和水平可以比肩中粮米业的烘干设备，通过它的处理，粮食干燥均匀，避免二次污染，保证了优良的品质。"

在宁夏超娃米业有限公司厂区全自动的大米生产加工车间、水稻恒温储存罐、万吨原粮储存库、真空包装机、自动封箱机、自动配米机、色选机等较先进的设备以及各种现代化的运行检测系统和产品检测系统让人目不暇接。

同期声 宁夏超娃米业有限公司电商运营部负责人狄荣

"一直以来，我们不断专注质量和品牌推广，除了购置先进生产设备，还在科技创新方面不断尝试，获得 3 项实用新型专利、2 项外观设计专利，正在申请 4 项专利，专业化的生产线为超娃大米品牌市场占有率提供了专业的保证。目前，超娃米业优质稻谷储存能力达到 13000 吨，并实现低温储藏、保鲜储藏，加工稻谷能力达到每年8万吨，年优质稻谷加工、销售能力增加16%，年实现利润达到100万元以上，以此带动农民种植收入提高20%。"

走进宁夏昊帅粮油有限责任公司展厅，4层展架上摆满了各种包装、各种品种的大米，墙上挂满了奖牌证书。

同期声　宁夏昊帅粮油有限责任公司米业负责人王帅

"我们现在总共有50多种系列产品，覆盖了低端、中端、高端，以前我们一斤大米卖到三四元，现在一斤能卖到七元左右，只要你的大米好。"

宁夏昊帅粮油有限责任公司是通伏乡一家有着20年历史的大米加工企业，目前公司已经发展成为占地面积27500平方米、总资产

8600多万元、种产销一体化的农产品加工企业。近几年，在国家政策的支持下，宁夏昊帅粮油有限责任公司注重"精细化"经营，独创"大容量四级配米"，开发了"昊帅"牌大米和胡麻油一系列产品，其中宁粳43号作为主打产品，在市场销售中好评不断。"昊帅"商标被评为第十届"宁夏著名商标"，企业也被自治区政府授予"2019年自治区农业产业化重点龙头企业"。

同期声 宁夏昊帅粮油有限责任公司米业负责人王帅

"高质量发展，先要保证优质原粮。我们现在除了自有的有机水稻基地外，每年跟农民签订订单，从原粮开始进行质量把关，全部种植高质量的水稻，只有把我们'中国水稻原产地'的牌子擦亮，我们的昊帅米业的牌子才能更亮！"

"区域品牌+企业品牌"，通伏乡打出了宁夏大米的金字招牌。如今，超娃米业、昊帅米业等稻米加工企业，产品远销四川、云南、贵州、陕西等十几个省区，还在京东、天猫、淘宝、拼多多等平台设立销售旗舰店。

同期声 宁夏昊帅粮油有限责任公司米业负责人王帅

"今天下单买，明天就到货，下一步，我们计划要向东部一二线城市进军。顺便'晒'一下我们去年线上的成绩单：胡麻油，全国第三！大米，宁夏第一！"

同期声 平罗县通伏乡副乡长王苓苓

"目前，在通伏乡拥有的11家稻米加工企业中，年产量超过1万吨的就占了一半，所有企业年加工能力超过30万吨，形成了小区域大米加工产业集群。"

同期声 平罗县通伏乡党委书记方志斌

"过去我们总说高产高产再高产，如今，我们要从数量优先转向质量第一。我们最终的目的是：产品质量要更高、产业结构要更优、产业效益要更好、生产效率要更强、经营者素质要更棒、农民收入要更多。"

"我们计划到2022年，以优质稻米为核心的'种养加储展销赏'全产业链发展体系基本形成，促进形成以水稻生产为基础、以精深加工为龙头、链条完整、功能多样、业态丰富、利益兼顾、更加协调更可持续的一二三产业融合发展新格局，农业竞争力不断提高，农民收入持续增加，农村活力显著增强，生活环境更加优美。"

2020年6月5日

镇朔湖拦洪库改造：变害为利谋福祉

塞上 6 月，白云悠悠，黄河如带，绿树成荫，风景如画。平罗县镇朔湖拦洪库排洪渠，沟道宽阔，水流舒缓。沟道两侧，一块块稻田水满欲溢，在夕阳的照射下宛如美玉。满目之间，到处彰显着黄河对平罗的恩泽。

镇朔湖西依贺兰山，是由黄河水及贺兰山雨雪川流汇集的永久性淡水湖。镇朔湖湿地面积 1600 公顷，其中镇朔湖拦洪库占地面积 823 公顷。辽阔的水域造就了镇朔湖丰富的野生动植物资源，是多种珍贵稀有水禽的"中转站"和"栖息地"。近年来，随着湿地生态系统面积扩大，周边荒漠化土地面积逐步减少，农民生产生活水平也稳步提高。

水能兴利，也能成患，每年进入主汛期，由强降雨引发的山洪都给沿岸居民的生产生活带来不小的威胁。

同期声 平罗县镇朔村村书记王昭平

"我们这里沟道多，缺乏有效的导拦，山洪一大，沟槽就变道了。所以过去一到汛期，我们这里就出现'处处设防、处处难防'的局面。"

镇朔湖拦洪库始建于 20 世纪 70 年代，在抵御贺兰山山洪、保护中下游乡村村民生命财产安全以及渠道、铁路、公路等重要基础设施安全方面，发挥了重要作用。

同期声 平罗县水务局副局长闫建军

"镇朔湖拦洪库主要承接贺兰山东麓大水沟、小水沟、大西伏沟、小西伏沟的山洪水。经过40多年的发展，水库聚集了大量淤积，造成防洪库容不足，不能发挥应有的作用，对下游人民财产、铁路、公路、农田等，造成了很大影响。"

2018年7月中下旬，贺兰山东麓遭遇200年一遇强降水，洪水导致沿线多处道路、农田受淹，虽未出现人员伤亡，但也出现了洪水漫顶的情况，暴露出库容泄洪严重不足、坝顶高程偏低、设计标准偏低以及存在很多安全隐患问题。

2018年年底，平罗县统筹规划山水林田湖草，从水灾害、水资源、水生态、水环境等方面综合考虑，申请立项了镇朔湖拦洪库改造提升和排洪渠项目。项目建成以后，设计标准从 20 年一遇 50 年校核，提升改造到 20 年一遇 100 年校核。

> **同期声** 平罗县水务局副局长闫建军

"由于平罗县特殊的地理位置，东防河洪、西防山洪、中间防内涝，防汛形势非常严峻，镇朔湖工程拦洪治理就显得非常重要，项目设计入库洪水 20 年一遇，洪峰流量 773 立方米/秒，洪水总量 805 万立方米；校核洪水 100 年一遇，洪峰流量 1350 立方米/秒，调洪库容 1470 万立方米。按校核洪水总量 1470 万立方米，设计淤积库容 1470 万立方米，设计淤积库容（30 年）705 万立方米，设计总库容 2175 万立方米。"

镇朔湖拦洪库改造修复工程批复总投资 9786 万元，内容包括堤坝培厚加固 15.87 公里、新建交通桥 4 座，新建退水闸、进水闸各 1 座，三二支沟加高培厚 7.36 公里、三号沟单侧 4.4 公里加高培厚，新建管理所 1 座 280 平方米，配套自动化监控系统 1 套；维修改造大水沟水文站观测工程 140 米。

> **同期声** 平罗县镇朔村村书记王昭平

"2018 年以前，镇朔湖的湖坝窄得很，也矮得很。经过雨水长年累月的冲刷，堤坝已经全部出现了雨水冲刷的痕迹。2019 年经过改造，把坝加宽加高了，老百姓现在放心了。"

同期声 平罗县水务局副局长闫建军

"除了加固堤坝,这个项目还实现了洪水资源利用,通过新建排洪渠,将镇朔湖与沙湖连通,当镇朔湖遭遇100年一遇的洪水时,可以使洪水退入沙湖,既增加了镇朔湖洪水的下泄量,又起到了向沙湖补水、调蓄灌溉周边农田的作用。"

为认真贯彻落实习近平总书记考察黄河重要指示精神和在黄河流域生态保护和高质量发展座谈会上的重要讲话精神,平罗县运用人水和谐的理念,在防洪中善待洪水、管理洪水和利用洪水,在保证防洪安全的基础上,实现对洪水的科学管理和有效利用,促进全流域的繁荣发展。在节水方面,纠正过度开发水资源、无序取用水等行为,调整农业产业结构,推广高效节水农业,全县主干渠已建立"一渠一档"电子系统,最大限度实现农业高效节水。在用水方面,坚持以水定城、以水定地、以水定人、以水定产,抓好洪水、雨水、中水的资源化利用,提高水资源利用效率,开创了黄河流域生态保护和高质量发展的新局面。

2020年6月16日

万亩良田助力陶乐镇精准脱贫

　　进入 6 月，太阳便开始使出洪荒之力炙烤大地。位于平罗县陶乐镇庙庙湖村的宁夏华泰农农业科技发展有限公司蔬菜种植园区，40 座连跨温室大棚在阳光的照射下犹如沙漠里的一片绿洲，湛蓝如洗。园区南头的几座大棚内很安静，头茬供港蔬菜收获完，种植的番茄已经开始泛红，每株秧苗上也有几颗已经完全红了的番茄像宝石一样隐藏在最底层，摘一颗放在嘴里，肉嫩汁多，香甜可口。再有半个月，这些番茄将走上广州、深圳、北京等一线城市居民的餐桌。

　　近年来，陶乐镇把推进产业发展作为精准脱贫的重要抓手，充分挖掘镇域沙漠、黄河等丰富资源，在庙庙湖村周边布局制种产业、沙漠瓜菜产业、草畜一体化产业、休闲旅游产业、康养产业和劳务产业六大产业。2013年，陶乐镇通过招商引资引进宁夏华泰农农业科技有限公司落户庙庙湖村并流转了5000亩沙地，通过几年的改良和发展，这里最终发展成为集瓜菜种苗繁育、新品种引进推广、瓜菜生产经营、农业科技研发培训为一体的现代农业产业基地。

沿着基地中心路向里走，中间的几座大棚内却很热闹，不时传出平罗当地口音和南部山区口音混合的说笑声。这里的25座大棚由庙庙湖村50户村民租赁种植，华泰农公司则采取"企业＋合作社＋农户"的模式统一品种、统一标准、订单销售。

眼下到了栽植番茄的季节，为了帮助村民抢抓农时，种出高品质的番茄，陶乐镇专门组织新时代文明实践志愿者，帮助庙庙湖村移民群众种植番茄。

"番茄苗子每垄两行，行距60厘米，株距55厘米，要栽在滴灌管子外侧5厘米处，苗子栽好后要压实土壤……"在村民童有花的大棚里，农业技术服务中心工作人员严格进行技术指导，志愿者们认真严谨地操作每一道工序，拉苗、搬苗、栽植，大家各司其职，像在自家地里一样忙得不亦乐乎。在埋头干活的同时，志愿者们和村民拉家常、问情况、讲政策、解难题，将政策宣传、帮扶解困搬到了田间地头。童有花和志愿者们一边聊天，一边干活，关系处得像朝夕相处的朋友一样熟络。

同期声　童有花

"每年不管种还是收，他们准来。"

2014年，童有花从固原市西吉县马店乡搬迁到庙庙湖村生活，本以为刚来到一个人生地不熟的地方生活就没了着落，没想到家门

口已经有了可以打工的企业。童有花很快在华泰农找到了工作，6年来，工资从每月1000多涨到3000元，童有花越干越有劲头，日子也越过越幸福。

2019年，童有花又开始承包大棚种植番茄，一年下来收入近4万元。

同期声　童有花

"平时我在公司负责灌水，掌柜的在家负责饲养30多只羊，加上大棚的收入，我们两个人能挣三份钱。"

为了进一步发挥华泰农作为龙头企业的示范引领作用，激发农户脱贫致富的内生动力，2019年，陶乐镇通过争取项目资金建立28座六连跨扶贫温室大棚，组织部分移民种植番茄并取得良好收益。2020年，该镇继续鼓励农户分包种植扶贫大棚。

同期声　陶乐镇副镇长吴广贤

"通过与华泰农公司签订订单销售协议，以每斤0.8元的保护价确保农户实现亩均增收5000～7000元。"

在露地供港蔬菜基地，十几名割菜工正在熟练地采摘菜薹，割刀在他们的手上运用自如，新鲜的菜薹在蓝天、白云的映射下，愈发青翠。据了解，这些供港蔬菜每年的种植季节在5月到10月，这个季节的日照、气候条件良好，加上庙庙湖富硒且无污染的土壤条件，种植出来的蔬菜纤维少、口感甜、品质好，在深圳、广州、东莞等地备受青睐。

2003年，西吉县8个乡镇15个村1413户7025名群众搬迁至庙庙湖村，共有建档立卡贫困户710户3854人。8年来，陶乐镇紧盯短板弱项，做大做强特色产业，全力做好科技服务、品种改良、品牌打造、精深加工等各项工作，不断延伸产业链、提高农产品附加值，最终将干涸的沙漠变成块块良田。如今，该村人均可支配收入近8000元，累计脱贫700户3800余人，贫困发生率由搬迁之初的53.9%降至0.54%，并于2019年年底实现整村脱贫出列。

2020年6月23日

黄河岸边话幸福

夏至过后,天气变得越发炎热,特别是处于沙漠边缘地带的平罗县陶乐镇庙庙湖村,仿佛比别的地方更加有"热度",这里全民创业就业的热度也在逐年攀升。

6月24日清晨,初升的太阳普照着庙庙湖村,看起来又是一个大晴天。7时20分,村民王付女像往常一样按时带着三个孩子走出家门,将孩子们相继送到小学和幼儿园后,急忙骑着电动车赶往不远处的宁夏新丝陆服饰有限公司。前两天公司接了一个三万件的成衣订单,王付女作为车间小组长,一心想抢时间、赶进度、保生产,每天她都第一个来,最后一个走。

2013年8月,王付女刚从西吉县搬迁到庙庙湖村时,天气也和现在一样炎热,但那时还没有纵横交错的柏油路,没有绿树成荫的广场,也没有现在这样拿工资的好日子。好在家门口已经建好设施蔬菜种植基地,王付女在家门口实现了就业。三个孩子相继出生后,王付女一边带孩子一边抽空到种植基地打工,既能顾家,也有收入。

同期声 王付女

"老家除了山什么也看不到,这里虽然有沙漠,但离黄河近,只要有水,我们就能看到土地里泛着金。"

回忆起8年前的搬迁故事,王付女感慨万分。2017年,家门口建起了扶贫车间,当王付女坐在生产线上成为一名制衣女工时,她感到自己和幸福生活的距离更近了一步。工厂的效益由产量决定,王付女的工资也全由手里每天制作加工的衣服件数决定。刚开始,她和大多数进入扶贫车间的工人一样,既手生,也不愿意多干,大事小事都请假,思想不上进,行动不积极,产量上不去,熬一天最多能拿四五十元工资,企业效益随之下滑,甚至赔钱。

确保群众搬得出，更要保障群众稳得住。各级扶贫干部和企业负责人挨家挨户做工作，鼓励大家树立就业脱贫的信心，同时通过各种帮扶政策和措施激励移民群众尽快转变角色，全身心投入车间生产工作中。

随着3个孩子的成长，只有20多岁的王付女感到肩上的担子越来越重，在各项扶贫政策的激励下，她的工作热情越来越饱满。

30件，50件，80件，100件……手越来越快，机器便转动得越来越快，王付女手中经过的衣服一天比一天多，工资一月比一月高。

同期声 王付女

"进入车间半年后，我的日工资就涨到了100块钱，一年后，月工资保底能拿3500块。"

工作积极了，产量上去了，王付女成了车间里的佼佼者。2018年年底，公司提拔王付女为生产四组的小组长。上午11时30分，太阳直射大地，室外热得让人无处躲藏，但扶贫车间内却清凉如春。"嗒嗒嗒……"虽然还有半个小时就要下班了，但100多名工人依然全身心忙碌在各自岗位上，熟练地赶制成衣订单。王付女穿梭在第四小组的生产线上。如今，她不用一直坐在缝纫机前，只需要负责组内15名工人的调度和产品质量的把关，每月可以拿到4000元的工资，每年还能拿到政府对扶贫车间的补贴资金。

同期声 王付女

"工作虽然轻松了，但责任更大了，我不光要为自己的幸福生活努力，还要为公司的发展尽到应尽的责任。"

　　说起现在的工作和生活，王付女的言语中充满了自信和满足。

　　近年来，陶乐镇立足当地实际，加快产业培育，打造劳务产业大数据平台，将有效培训、劳务经纪人培育与创业就业深度融合，促使更多的村民就业创业，实现增收致富。中午12时，正值下班时间，从宁夏新丝陆服饰有限公司、宁夏华泰农农业科技发展有限公司、陶乐天源復藏农业开发有限公司及庙庙湖养殖园区等周边企业下班的村民纷纷从庙庙湖村创业一条街经过，在此摆摊设点的小老板们也忙碌了起来。

同期声　王付女

　　"老马，二维码拿来，我赶紧付钱，回家早点吃完饭还能休息一会儿。"

　　王付女买了几斤水果和蔬菜，扫码付钱后，骑上电动车沿着枣福园旁的幸福小路向家的方向驶去……

2020年7月2日

昔日废品今成宝　巧手织出"金条条"

哐嚓嚓，哐嚓嚓……7月10日，走进平罗县通伏乡马场村，老远就能听见草业合作社传出的机器轰鸣声，一辆辆装着稻草的汽车正在卸货、装货。

同期声 马场村党支部书记马保忠

"这些稻草去年价格最高的时候能卖到900元1吨，今年我们又引进了全新的饲草加工机，将稻草绞碎、打捆，每吨还能多挣100多元。"

坐落在黄河滩边的马场村，多年来得黄河灌溉之利，农业设施优势和土地效益凸显，田成方、路成框、渠有水、树成行，水稻连年丰收。然而，每当水稻收割之后，大量的稻草遗弃在田角、路边和渠旁，不仅占地占路还影响环境。

同期声 马场村党支部书记马保忠

"过去处理稻草的办法就是焚烧，禁止焚烧后就到处乱堆。自从我们引进饲草加工项目之后，不仅解决了环境问题，还增加了农民收入，可谓一举两得。""我们村六队，一个生产队一年种植水稻收入50多万元。现在部分男劳动力加入到村草业合作社，靠割稻草、拉稻草、卖稻草就挣了40多万元，现在草业合作社为群众提供就业带来的收入，已经赶上种地的收入了！"

在通伏乡兴林村宁夏环恒环保农业科技开发有限公司的草帘厂里，成捆的稻草堆积如山，十几名村民在编织机旁分工合作，一席席平整的草条片刻便呈现在眼前。

同期声 兴林村党支部书记马宗贵

"目前，我们的草条主要销往陕西、青海等地，还销往酒钢、宝钢等大企业。草帘厂起初只有3台编织机，不到两年就翻了两番，今年还想扩大规模。"

同期声 兴林村党支部书记马宗贵

"这样一条草条，去年才6元，今年就涨到了10元。

现在机器操作简单易学，用工都是本地村民，多数为精准扶贫户，熟练工一天就能挣200元，一个月收入就是5000元到6000元，而且一年四季都能干。"

2018年，兴林村以发展壮大村集体经济为契机，积极争取项目，引进灵武市德琴草制品专业合作社，就地取材，利用本村的稻草进行草条编织并销售，不仅为村民提供了30多个劳务用工岗位，解决了群众就业难的问题，还拉长了产业链，拓宽了农民增收渠道。

同期声 兴林村党支部书记马宗贵

"过去稻子收割完，往掉割草还需要花钱。现在，合作社一亩田会付给我们收割费60元、捆草费45元、运输费45元，一亩田的稻草从地里拉到厂里就能挣150多元。一到收草季节，合作社每天用工都能达到100多人。"

通伏乡有着悠久的水稻种植历史，被列为中国优质水稻原产地，全乡14万亩水稻年产稻草达4万多吨。近年来，该乡通过"党支部＋企业＋合作社＋农户"的发展模式，将一捆捆稻草赋能新生、变废为宝，在新潮村、马场村等村"落地开花"，延伸了稻草综合利用产业链。

同期声 宁夏新潮农产品综合开发有限公司负责人季银昌

"我们现在采用的是负压分离新技术，3层筛网实现了4种物料的稻壳分级，每天利用稻壳、碎米深加工生产70多吨精细化分离的全脂米糠、菌菇培土等农副产品，销往饲料生产厂、药厂等下游企业。"

　　2017年通伏乡引进宁夏新潮农副产品产业链延伸加工项目，利用企业技术优势，将周边水稻加工企业生产过程中产生的稻糠、碎米进行深加工，进一步延长了农业产业链。目前，项目年可消化通伏乡6万吨稻糠、碎米等下游农产品，可解决周边50多家粮食加工企业的副产品。

> **同期声** 通伏乡副乡长王苓苓
>
> "过去把水稻碾成大米后,稻壳堆积如山,米糠也会被扔掉。以100斤水稻出55斤大米计算,近一半的废物未被利用。通过这家企业对稻壳米糠的综合利用,大大增加了稻壳的生产利用价值,同时也减少了环境污染。"

变废为宝的不仅仅是堆积在田里的秸秆和大米加工中的"边角料",在通伏乡稻农的眼里,河滩地、沟渠里的蒲草也是致富的法宝。

走进宁夏稻艺编织有限公司展厅,种类多样、设计新颖、做工精细的草编作品整齐排列着,吸引前来订购的客商。

> **同期声** 宁夏稻艺编织有限公司总经理陈招弟
>
> "我们的作品包括稻草编制的大型工艺品,主要是用于农家乐、公园、景区,小型工艺品搭乘互联网的快车,在京东、天猫上都有销售,销售量很不错。"

宁夏稻艺编织有限公司以稻草、玉米皮、蒲草等自然植物为原料,加工成日常用品、仿真绿雕工艺品、园林景观,并进行草编产业文化传播、培训。目前,公司已培训400多名村民,累计吸纳建档立卡贫困户6人,带动就业32人。

> **同期声** 宁夏稻艺编织有限公司总经理陈招弟
>
> "通伏是水稻之乡,母亲河带给我们的不只是水稻,由黄河水灌溉生长出来的草类也特别丰富,一般普通水沟里的蒲草长度都在80厘米,在咱们这儿的长度达到100~120

厘米。而且蒲草的色泽、韧劲都特别好。这些作品不仅环保、美观，还有一股淡淡的草香味，顾客就喜爱这种原生态的东西。我们已经注册'稻艺编织'商标，计划通过提升品牌效应，把我们的黄河草编推向更大的市场！"

2020 年 7 月 15 日

"黄河宁，天下平"　幸福花开满长堤

"黄河宁，天下平。"2019年9月18日，习近平总书记在河南郑州视察黄河时指出，"尽管黄河多年没出大的问题，但黄河水害隐患还像一把利剑悬在头上，丝毫不能放松警惕"。要"着力加强生态保护治理、保障黄河长治久安、促进全流域高质量发展、改善人民群众生活、保护传承弘扬黄河文化，让黄河成为造福人民的幸福河。"一个时期以来，黄河流域生态保护与治理工作纳入国家重大发展战略，备受关注。

黄河石嘴山段自头道墩至麻黄沟，全长108公里。得黄河之利，沿河两岸沟渠纵横，农业灌溉历史悠久，人口密集，公路、铁路及电力设施密布，是石嘴山市经济社会发展的核心地带。黄河造就了宁夏平原，养育了回汉儿女，但同时河段受右岸鄂尔多斯台地和贺兰山间断陷盆地地势的影响，断面宽浅，主流摆动塌岸剧烈，虽有两岸堤防控导工程控制，但河道洪水、凌汛灾害频发，对沿黄地区经济生产和人民生命财产安全造成巨大威胁。

同期声　平罗县水务局水政办主任李占清

"前面那个就是大S弯，主河道就在那个地方。一进入汛期，黄河就开始向西走了，形成了一个宽2～3公里

的S弯，河水到达西岸形成回流后，直冲东岸这一带，把这一大片都掏空了，跟着形成塌岸，冲毁好多农田。黄河石嘴山段属冲积河床，河槽横向和纵向是多变与发展的过程，大水漫滩、小水塌岸，河床游荡摆动，对两岸农田、村庄、渠口、道路的危害自古有之，有'三十年河东，三十年河西'之说。"

黄河宁夏段内有大小河心滩约150个，河道主槽横向摆动频繁，据不完全统计，1979—2008年，全区由于中小水塌岸，沿河塌毁土地3441万亩，堤防131公里、道路157公里、渠沟227.45公里，各类水利设施1829处，房屋4515间，涉及人口25万人，年直接经济损失3000万元到6000万元。

回忆起当年塌岸时的情形，平罗县高仁乡六顷地村书记骆文利至今记忆犹新。

同期声 平罗县高仁乡六顷地村书记骆文利

"大水来的时候，一天一夜一两百米就塌没了。过去我们沿河有4个果园，每个果园都有30多亩，一场大水过去，塌得就剩下几棵树了。有几次，整个庄子都得紧急搬迁。"

同期声 平罗县水务局水政办主任李占清

"那时候，沿黄河东岸的3个乡镇都受到塌岸的危害，尤其是青山窝那地方，年年抢修都还守不住！过去，两岸群众对河道整治认识不深，了解不透，治理工作处于被动地位，采取'头痛治头脚痛医脚'的办法，施工方式随意，手段落后，工程不能形成规模，效益甚微。如今，随着标准化堤防工程的建设和河道综合治理，大大缓解了黄河汛期对两岸居民生产生活的危害。"

2020年以来，黄河石嘴山段经历了两次大的河道治理和控导整治。一是2008年10月开工建设了黄河标准化堤防工程，工程设计标准20年一遇50年校核。公路一级路面标准，双向四车道，路面宽24.5米，边坡1∶2，设计洪峰流量5600立方米/秒，于2009年5月30日完成，共建设标准化堤防75公里。二是2015年9月10日开工建设了黄河石嘴山段二期防洪工程，工程总投资4亿元，是国

家确立的 172 项重大水利建设项目之一。工程南起上八顷村，北至礼和泵站，共建设上八顷、下八顷、六顷地、四排口、青沙窝、东来点、施家台、邵家桥、北崖、统一、三棵柳、红崖子、中滩、礼和 14 处河道治理工程。新建和维修坝垛共计 209 座，新建护岸 3.6 公里，开挖引河 1.8 公里，工程治理总长度 27 公里。项目工程的实施进一步提高了洪水防御能力，连续两年战胜了黄河大洪水。

"安澜花"开岁岁安，"生态花"开绿满岸。2015 年，自治区出台了《关于深化改革保障水安全的意见》，明确提出实施"三条红线"管理，对用水总量超过控制指标的市、县（区），实行项目和用水"双限批"。从空间上明确黄河流域保护区域和范围，严格黄河岸线用途管制，按照有关法律法规和技术要求开发利用黄河岸线土地，留足河道、湖泊的管理和保护范围，非法挤占的限期退出。

同时，平罗县以生态问题治理和生态功能恢复为导向，探索源头保护、系统治理、全局治理的新途径。在保证堤防工程运行安全和滩岸稳定的同时，有效实现岸线生态经济效益，并对沿河乡镇及重点区域，结合防护林建设营造中心景观。同时发挥河道自身生态及景观功能，因地制宜，开发建设河道生态旅游景点，与沿线旅游景区相衔接，打造形成一条沿黄旅游黄金走廊。

如今的黄河两岸，河畅堤固，水清岸绿，湖泊湿地百鸟翔集，新农村里欢声笑语，一幅生机勃勃、和谐共生的绿色生态画卷徐徐展开。

2020年7月27日

汪家庄生态湿地：保"湿"，让母亲河永葆生机

"天下黄河富宁夏"。千百年来，奔腾不息的黄河水以她博大的胸怀，护佑着沿岸的宁夏子民。

惠农区是黄河流经宁夏397公里的最后一个流经地，全区共有7个入黄直排口，典农河是最为重要的一个。

典农河自永宁县起，先后流经银川市兴庆区、金凤区、贺兰县和石嘴山市平罗县后，经过180多公里的"长途跋涉"至惠农区流入黄河。因此，作为典农河流入黄河的最后一道关口，惠农区在河水截污减污方面发挥着十分重要的作用。

2020年6月8日至10日，习近平总书记视察宁夏时指出，黄河是中华民族的母亲河，是中华民族和中华文明赖以生存发展的宝贵

资源。因此，保护水资源，防治水污染，维护水生态就尤为重要。

近年来，惠农区以责无旁贷的大局观念和责任担当，聚焦黄河水质稳定达标，加大对黄河的综合治理、系统治理和源头治理，重点加大对典农河的综合治理力度，通过砌护清淤、生态绿化、湿地建设等措施，实现典农河水环境和水生态系统良好的目标，确保2020年年底典农河水质实现Ⅳ类及以上标准。

与此同时，石嘴山市因地制宜在惠农区燕子墩乡汪家庄村开工建设典农河石嘴山段汪家庄生态湿地工程。工程占地面积805亩，概算总投资3884.24万元，有效蓄水面积704亩，建设内容包括引退水工程、预处理工程、硬化等配套工程。

同期声 惠农区农发中心主任王林华

"目前，工程已经基本完工，由微生物、植物和火山岩等组成的'净化系统'已经全面启动，典农河的水将在这里得到最后的净化，以全新的姿态流入黄河。"

据了解，汪家庄生态湿地工程通过将典农河河水引进湿地，利用土壤、人工介质、植物、微生物的物理、化学、生物三重协同作用，通过吸附、滞留、过滤、氧化还原、微生物分解等过程，有效降低污染物总量，使原本浑浊的水变得清澈干净。

7月26日，记者在汪家庄生态湿地工程现场看到，随着引水闸的开启，四股水柱喷涌而出源源不断注入湿地。在距离汪家庄生态湿地十多公里的红果子镇盐湖，湛蓝的天空下，近处的绿水和远处的贺兰山交相辉映，周围树木葱茏，水中碧波荡漾，水鸟尽情嬉戏。

同期声 村民

"这里现在已经是我们村里的宝地了,不仅能处理污水,还是我们休闲散步的好去处。"

同期声 惠农区农发中心主任王林华

"我们将继续认真学习宣传贯彻习近平总书记视察宁夏重要讲话精神,依托惠农区良好的资源优势和地理优势,加大对黄河的综合治理力度,让绿水青山变成金山银山,为加快建设创新型山水园林工业城市添砖加瓦。"

2020年7月29日

黄河金岸育"金种" 小康路上谱新篇

炎炎夏日,万物生长,庄稼迎来一年中最充足的阳光时节。近日,在平罗县渠口乡的红旗制种基地里,繁育的青贮玉米秆粗叶壮,长势喜人。鲜嫩的玉米果穗探头享受阳光沐浴。几个村民正"全副武装"地顶着烈日麻溜地给玉米拔穗。

"穗不等人!早晨5点就来了。"渠口乡永光村一队村民王玉花忙得头也顾不上回。

同期声 上海种业集团宁夏分公司红旗种子繁育基地负责人吴波

"这个制种玉米是杂交品种,在培育过程中经常会发生花期不遇的情况,影响授粉。现在地里的玉米父本已经开始抽穗,需要摘取母本果穗,好让父本成功授粉。"

王玉花在这个制种基地已经打了4年工了。2020年，她和同村的3名村民承包了基地里140亩制种玉米的拔穗劳务，有过几年拔穗经验的她手法娴熟，每天在这里都能挣到360多元的劳务费。

同期声 上海种业集团宁夏分公司红旗种子繁育基地负责人吴波

"我们公司红旗种子繁育基地是2016年落户渠口乡的，虽然田间管理机械化程度达到90%，每年仍有2万人次的用工需求，而且都集中在4月到10月，不光带动了周边农民增收，用工量大的时候我们还到黄河对岸的移民村去拉人来干。去年做得最多的一个农户一天就挣到了600元。"

2016年，作为平罗县政府发展农作物制种产业的重点招商引资项目——上海种业集团宁夏分公司红旗种子繁育基地落户渠口乡红旗村，规划建成集种子生产加工、新品种示范、技术培训和育种研究为一体的制种基地。目前已累计完成基础设施投资5000余万元。建成办公综合楼5100平方米，种子加工车间1260平方米，种子仓库960平方米；修建种子晒场、硬化道路15000平方米；建成育苗大棚28000平方米，实现了种子基地的机械化、标准化、集约化，促进了平罗县制种产业的提升。

阳光正好，万物可爱。行走在红旗种子繁育基地的试验田，草木繁盛，玉米苗郁郁葱葱、一字排开，一派生机勃勃的喜人景象。

同期声 上海种业集团宁夏分公司红旗种子繁育基地负责人吴波

"平罗县东靠黄河西靠山，光照充足、气候干燥，有黄河水灌溉，昼夜温差大，几乎满足了良种繁育的全部要求，繁育出来的种子品质非常高，以这个玉米为例，果穗大，颗粒饱满、整齐，口感更佳。目前，我们已经繁育了4个糯玉米品种，在蔬菜方面也培育出了好几个品种，每年的销量都在30万斤左右。如今我们自己现有的规模已经不能满足市场需求，多出来的订单都拿出来交给周边的农户，我们帮助农户，进行全程指导，共同致富奔小康！"

同期声 红旗村村党支部书记马生伏

"基地落户的时候，我们许多农户也都过来瞧，对基地要建50米的隔离带等严格的措施不理解。如今，基地结出了科技兴农的'瓜'，农户尝到种子致富的'甜'，村民们的观念彻底改变了，参与的积极性也越来越高。村集体今年着手流转1000亩土地，希望我们也能够参与进来，发挥我们田间管理等方面的优势。"

2020年，上海种业红旗种子繁育基地共流转土地2300多亩，全部用于种子生产，其中蔬菜制种900多亩，以芹菜、苋菜和豆类为主，玉米制种1400亩，辐射带动渠口乡发展玉米制种8000亩。解决当地劳动力就近务工 120 余人，人均增收 8000 余元，发挥了良好的经济效益和社会效益。

同期声 上海种业集团宁夏分公司红旗种子繁育基地负责人吴波

"绿水青山就是金山银山，黄河水赋予了我们财富，我们就更有责任利用好它，保护好它。我们之前是黄河水漫灌，一年一亩地用水量在 450 立方米，2017 年在渠口乡党委、政府的协调下，县政府投资 226 万元在制种基地实施了节水灌溉项目，节水效果非常明显，现在一年每亩能省 200 多立方米水，全年灌溉平均用水量低于 200 立方米。项目的实施，不仅可节水 60%，还可节省肥料 50%，增加

产量30%，从根本上解决了基地的生产瓶颈，提高了土地产出能力。我们去年实验的'桂青贮5号'青贮玉米，已经实现了亩产5000斤，今年试种成功后，将进行大规模推广。即使按照每亩4500斤玉米的产量来计算，每亩产值都能达到2600多元，比目前农户1700元的亩产产值要提高50%。"

望着精心培育、长势旺盛的玉米，丰收的喜悦挂在吴波的笑脸上。

同期声 上海种业集团宁夏分公司红旗种子繁育基地负责人吴波

"现在黄河两岸对青贮玉米的需求量是越来越大，尤其是新建了十几个存栏超过5000头的大型牛场，明年预计青贮饲料的价格每吨将超过600元。这对高品质青贮玉米种子的需求和农民增收致富将会起到非常大的推动作用。我们已经下决心扩大种植规模，进一步提高研发和管护水平，做精做强'平罗金种子'品牌，走'育、繁、推'一体化的高质量发展之路！"

2020年8月7日

番茄红了 日子火了 信心更足了

刚立秋,位于黄河西岸的平罗县渠口乡六羊村设施蔬菜产业扶贫基地,63岁的建档立卡贫困户柴学义和老伴正忙着梳理荚豆秧苗。就在一周前,在这座大棚种植的樱桃番茄喜获丰收。柴学义通过合作社以均价2.3元的价格全部销售给宁夏中青农业科技发展有限公司,收入近3万元。

同期声 柴学义

"还是黄河水好呀,灌溉出来的作物就是美得很!"

  柴学义是平罗县渠口乡的插花移民，搬来之前，住在固原市西吉县的一个小山区，过着吃水靠挑、生活靠天的日子。在柴学义的记忆里，从小到大离开大山的话就一直被村里人挂在嘴边。但直到他成了家有了孩子，依旧和村民生活在山里。

同期声　柴学义

  "因为缺水，二十亩的地只能种马铃薯；因为缺水，每天要走好几里地去挑水；还是因为缺水，生活生存只能'靠天'。下雨了，就丰收，不下雨，犯了愁。在这边一下雨，人都往家跑，在老家一下雨，人都往地里跑。为啥？就是想借着雨水好施肥，有时候一年一滴雨都不下，一点办法都没有。"

  山里的收成"糊"不住一家人的日子。柴学义也曾下山外出打工，去过县城，远走他乡。可不管他走多远，山里的家始终都"拴"

着他的心。

2015年,柴学义所在村子集体搬迁至平罗县渠口乡,柴学义一家从此在这安下了家。在各级党委政府和扶贫干部的帮助下,柴学义一边经营蔬菜日光温室,一边在养殖暖棚里养羊。

同期声 柴学义

"在老家种了一辈子马铃薯,几乎不怎么管。到这边换种蔬菜,还真有点犯怵,啥时候下苗、换水、补水、施肥都要学,好在政府安排了技术人员来教我们,村上的党员也是天天跟我们守在地里,又有黄河水灌溉不再'靠天吃水',这才把这几亩地操持好,有了收入。"

一边学习,一边实践,柴学义很快就掌握了好几种蔬菜的栽培种植及管理技术,成为蔬菜大棚基地里的种植能手,有些当地的村民都会来向他请教种植蔬菜的技术。

同期声 柴学义

"现在要是还用过去传统的种植模式肯定不行了,得跟时代接轨,增加种植作物的技术含量。"

为提高土地利用率,在合作社的带领下,村民们一年四季都不闲着,把传统的一年一茬种植向一年多茬发展,做到全年都生产,月月有收入,村民年人均收入提高到了1.5万元。2020年,合作社还和村民签订了番茄种植订单,包种包销。柴学义2020年的两个大棚预计增收过万元,这让他对来年种植更有信心。

渠口乡六羊村下辖 7 个村民小组，有 1795 人，耕地总面积 5320 亩，安置移民 11 户，2019 年人均纯收入 1.5 万元。得黄河灌溉之利，六羊村土地肥沃，灌排畅通，农业基础设施条件优越，村民种植蔬菜经验丰富。2018 年，渠口乡党委、政府整合多方资源，积极争取扶贫项目资金支持，流转土地 70 亩，先后建设 91 座小拱棚、50 座高标准蔬菜大棚，并利用硬化场地 1500 平方米，建设分拣大棚 1 座、冷库 2 座。同时，对 91 座拱棚滴灌设施进行改造，建成六羊村设施蔬菜产业扶贫基地，成立渠口乡六羊村蔬菜专业合作社，打造果蔬种植产业经济链，为农户提供产前、产中、产后服务，在产品质量安全标准和技术规范化的基础上，注册"六羊农绿"牌商标，统一品牌、统一包装、统一销售。

为深入推进产业扶贫，培育和提升特色支柱产业，拓宽移民群众增收渠道，该乡还以"合作社＋农户＋科技＋品牌"的合作经营模式，为单个农户实行资源组合，提供一对一技术辅导、培训服务，统一采购种苗，为农户创造一条投入少、风险小、易操作、有保障的生产发展模式，切实增强农户抵抗风险的能力，维护农户的利益，解除农户后顾之忧。2020 年，引导 20 户移民承包种植 87 座大棚，棚内以种植樱桃番茄、豆角、黄瓜、辣椒、小白菜为主，采取订单销售模式。截至目前，樱桃番茄单棚产值已过 18000 元。

2020 年 8 月 19 日

变废为宝　奏响"种养生态循环曲"

俗话说，庄稼一枝花，全靠粪当家。"如今牛粪、羊粪、鸡粪……成为我们农业生产的'抢手货''香饽饽'了。"9月4日，摸着崭新的制肥设备，平罗县渠口乡新桥村党支部书记丁建东感慨地说。

新桥村位于黄河西岸、平罗县城以东，现有耕地6799.5亩，农户480户，人口1514人，得益于黄河灌溉之利，新桥村以蔬菜种植、奶牛养殖为主，按照"产业兴旺、生态宜居、乡风文明、治理有效、生活富裕"二十字总要求，新桥村党支部坚持以基层党建示范为引领，统筹推进产业富民、社会治理、美丽宜居、村企合作，逐步形成了基础强、产业优、生态美、村风正的美丽村庄。

  汇众鑫养殖专业合作社是渠口乡 2013 年引进的一座标准化奶牛养殖场，占地 120 亩，累计投资 3000 多万元。现存栏奶牛 1500 多头，年产鲜奶 6000 多吨，收益 200 多万元。

  该合作社先后流转新桥村 2 队、3 队 2600 多亩土地建成饲草料基地，种植"冬牧 70"牧草和青贮玉米。订单收购周边农户青贮玉米 4000 亩，稻草秸秆 3000 亩，带动本村种植户亩均增收 500 元。同时与渠口乡金桥村肉牛养殖合作社达成协议，以低于市场 20% 的价格将奶公牛投放到移民群众家中，鼓励其发展畜牧业，增加收入，助力脱贫攻坚。

  近年来，随着养牛规模不断扩大，村民的经济收益越来越好，可是全村 2000 多头牛的粪便处理却成为一件烦心事。

同期声 丁建东

"这几年,随着土地流转,进城务工的人增多,种地的人逐年减少,牛粪也没人要了。现在一到下雨天,牛粪随着雨水到处流,路面又脏又臭,既污染环境,也影响村民生活。"

同期声 汇众鑫养殖专业合作社负责人乔茂枝

"养牛需要空间,更要干净卫生。为了处理牛粪,我们在场地紧张的情况下,投资了200多万元,硬化了3000多平方米的场地专门用来堆放牛粪,还建设了一体化处理设备,尤其到了夏天,每天都要对粪场进行消毒,每年人工、机械、电费等开销就达20多万元。"

　　一边是养殖企业每年高额的牛粪处理成本和需求空间，一边是农村人居环境整治巨大压力，在"牛"行业也算是半个专家的村党支部书记丁建东想出了一个新点子，2019年，他看准废弃物循环再利用项目，积极争取自治区壮大村集体建设等项目资金，筹资400万元，建起一条有机肥生产线，变废为宝，将牛粪经过发酵加工后，变为生物有机肥销往各地，环保又挣钱。

　　丁建东给记者算了一笔账。

同期声　丁建东

　　"1.6吨牛粪可以发酵1吨有机肥，发酵出来的有机肥的市场价是350元/吨，如果进一步生产加工成颗粒就能卖到680~800元/吨。"

　　丁建东告诉记者，现在人们越来越重视绿色健康，注重无公害、有机农产品，目前，平罗县的很多绿色品牌农产品都在外地站稳了脚跟，卖出了"价格"，直接带动了有机蔬菜和瓜果的种植积极性，逐年扩大的种植规模对有机肥的需求也逐年增高，以现有的生产设备，有机肥厂年产1万吨有机肥不成问题，对销售也充满信心。

> **同期声** 平罗县渠口乡乡长蒋海龙
>
> "将牛粪制成有机肥还田，平罗县渠口乡新桥村有机肥厂在生产肥料与可循环再利用资源之间架起了一座'生态桥'，一方面对保护周边生态环境，减少农业源污染，提高农作物、蔬菜质量等具有重要的促进作用；另一方面能有效避免牛粪对环境的污染，实现牛粪循环利用。通过深化畜禽养殖废弃物资源化利用，坚持种养结合、农牧链接、生态循环，有效破解了种养'两张皮'，打通了上下游利益链，为发展高品质农业探索了新路子、创造了新经验、作出了新表率。"

同期声 平罗县渠口乡党委书记祁振发

"发展高品质农业,是贯彻落实习近平总书记关于黄河流域生态保护和高质量发展重要指示的有益探索。作为最基础的农业产业形态,畜禽养殖业既是高品质农业的重要组成部分,也是改良土壤、培植地力、生产高品质农产品的基础。如何做好养殖与种植结合文章,把优质农产品'产出来'、把农产品品牌'树起来'、把农业发展质效'提上去',事关乡村振兴、事关千家万户百姓生活。让牛粪变资源,让青山绿水常在,让村民在家门口增收致富,推动有机农业发展,这也是乡村振兴的有益探索。"

2020年9月11日

农村环境改旧貌　美丽乡村展新颜

千百年来,黄河浸润着宁夏平原,哺育着两岸健壮的牛羊、纵情的鸟儿,还有如她一般生生不息的儿女。如今,沿河儿女一如勤劳的祖先,用美丽装点家乡每一寸土地,让文明之风吹拂在每一个人的心田。

走进黄河西岸平罗县灵沙乡先锋村,河清水秀、绿树环绕,干净整洁的巷道,广场上悠闲散步的老人、嬉笑玩闹的孩童……宛如世外桃源。如今,绿树庭院鲜花,小桥流水人家,邻里和谐无瑕,是先锋村真实写照。

先锋村四队村民李占军的家位于灵宝路旁,门前绿化景观错落有致,院内花草飘香,屋内的巧妙设计和各种风格的室内装修让人眼前一亮。

同期声 李占军

"有好几次,路过的车辆都停了下来,车上的人除了拍照还想进屋来看看。过去大家都说农村脏乱差,如今村民腰包鼓了,村庄也变美了。"

说起过去的先锋村,脏乱差是第一印象。村党支部书记何志国告诉记者,刚到先锋村时,脏乱破败的村容村貌一度让他感到沮丧。清理难、保洁难、根治难,这些农村环境治理的难题让基层党组织焦头烂额。

同期声 村党支部书记何志国

"以前搞环境整治,大家都说,'农村跟城里没法比,脏乱是常态,不用太干净。'说到环境综合整治,几乎每个队都有村民抵触。"

同期声 灵沙乡副乡长马佳佳

"头几年搞环境整治,每次检查,院子里没有垃圾、门口没有垃圾、巷道没有垃圾，一看沟里全都是垃圾。然后再用大板车拉沟里的垃圾，一拉就是好几车，非常被动。虽然有垃圾箱，但清运力量跟不上，一到夏天就臭烘烘的，最后也没人干这个活了，又成了'垃圾基本靠风刮、污水基本靠蒸发'的局面。"

没有经济实力，要想改变是不可能的。为此，村"两委"班子带领村民想方设法增收创收。随着村经济好转和人居环境综合整治深入开展，乡、村两级领导开展调研后达成一个共识：要改变，靠热情是不够的，村民生活和卫生习惯不改变，即使村子变美了，也是昙花一现。"美丽乡村"建设必须要让村民成为主力军。

2020年，灵沙乡创新举措、标本兼治，在先锋村、胜利村、富贵村三个村开展环境整治试点工作。成立乡村环卫队、选配环卫员、评选监督员，为每家每户配备分类垃圾箱，制定门前"三包"责任制度、环境卫生管理制度，并落实到每家每户。形成村干部负责、乡干部督促、环卫队清扫、群众参与的村庄环境卫生治理新模式，并实行严格的网格管理制度，各村按照网格负责管辖区域范围内的农田、道路、荒坡、沟渠、河流、村庄各类垃圾的治理，分片划区，明确"责任田"。

同期声 灵沙乡副乡长马佳佳

"一直以来，开展环境综合整治，都是干部领着，保洁员干着，村民看着。现在我们推行积分制，村民不仅可以通过积分领取生活用品，还可以把积分作为最美庭院、最美家庭评比的主要依据，目的是要让所有人都参与进来。"

目前，灵沙乡辖区内75个生产队已全部完成环境整治。如今，垃圾堆不见了、巷道内乱堆乱放的现象明显少了，乡村秩序得到优化，村容村貌得到整体提升。

从脏乱差到美如画，先锋村不仅人居环境发生了巨大变化，村民对美好生活更是充满信心和期待。

同期声 灵沙乡副乡长马佳佳

"美丽乡村不仅要外表美，更要内在美。为提升农村经济社会发展活力，灵沙乡将不断加强文化阵地建设，积极开展政策宣讲和法律法规宣传，让党的方针政策落到实处。同时，深入挖掘灵沙乡传统文化，为大家提供高质量的精神食粮；开展各类新时代文明实践服务活动，营造'人人为我、我为人人'的时代新风，争取把灵沙乡建设成一个远近闻名的美丽乡镇。"

2020年10月19日

守护一湾清水　唱响致富赞歌

"绿水青山就是金山银山"。近年来，银河村牢记习近平总书记嘱托，全力推进美丽家园试点村建设，做大做强乡村旅游——守护一湾清水，唱响致富赞歌。

深秋时节，揽迎河湾黄河湿地公园入怀的银河村游人如织。以民俗文化、休闲娱乐、生态养生、农业观光采摘为特色的乡村旅游项目，让远道而来的游客流连忘返。

习近平总书记提出的绿水青山就是金山银山的发展理念，让银河村村民孙会芝受益匪浅。原本跟着丈夫在外跑运输的她，2019年返村经营银河湾火车餐厅，推出农家"八大碗"等乡村精品菜肴，每月收入至少两万元，最好的时候一个月达到五万多元。"景区的美，带给村民越来越多的幸福感和更加红火的生活。"孙会芝道出了

全村人的心声。

银河村位于惠农区礼和乡,东临黄河,拥有千亩湖泊、近万亩的草原滩涂湿地,3000亩天然红柳林、芦苇荡、红柳滩、沙枣林等富有地方风貌的自然景观资源;有种类繁多、珍稀少见的水鸟,是黄河宁夏段难得的一处保存完好的原生态黄河湿地自然景观。同时,这里远离城市,空气质量好,地势平坦,视野开阔,是绝佳的观星之地。

然而,守着如此美景,银河村村民却在很长一段时间内过着穷日子。如何从落后村走上乡村振兴的康庄道,实现蝶变,要从2018年说起。那一年,银河村被列为石嘴山市十个美丽家园试点村之一。按照全市推进美丽家园试点村建设的总体部署,银河村党支部以"田园""绿色"和"生态"为切入点,充分发挥农村自然资源、人文资源、农业资源优势,注册成立了迎河湾旅游开发有限公司。通过"合作社+企业+农户"模式,加快农业产业转型升级,以乡村旅游为新的增长点,农业围着旅游转,产业围着旅游干,拓展农业多种功能。与此同时,以银河湾旅游度假村为基础,依托黄河湿地草滩,成功申报自治区级"迎河湾黄河湿地公园",打造休闲旅游品

牌,助力实现乡村振兴。

在实施银河湾旅游度假村过程中,村党组织以"原生态景观、现代化生活"为理念,按照建设"黄河金岸第一村"蓝图,坚定走绿水青山就是金山银山的发展路子,完善旅游休闲度假区基础设施,建设游玩度假休闲区,打造沿湖景观采摘经果林园区,购买火车餐车及货车车厢改造主题民宿、餐厅,购置园区内旅游观光驴车……村党组织带领村民敢想敢干,一时间,银河村从一个偏远村到众人皆知的"黄河金岸第一村"。

同期声 银河村党支部书记王学锋

"像观光驴车、经果林这些旅游项目,我们都是采取与村民联营的方式,由村民承租经营,让广大村民都参与进来,共享红利,共同致富。"

2019年,银河村人均可支配收入超过1.5万元,村集体收入200多万元。2020年,全村已累计接待游客8万余人次,预计全年将接待游客10万余人次,总产值预计达80余万元,带动村民增收50余万元。

银河村的发展犹如芝麻开花节节高,被列为"自治区多规合一试点村""农村集体产权制度改革试点村""石嘴山市美丽家园试点村",被评为"全国乡村治理示范村""自治区文明村镇""石嘴山市文明村"。

眼下,银河村又有了新追求——抓紧实施银河湖湖心岛提升改造、生态采摘观光园建设等一批项目,策划节庆活动。以此为载体,在产业发展、生态环保、乡村旅游等方面提档升级,做大做强乡村旅游,让村民的增收渠道更多更稳定。

2020年10月22日

七彩园：从城市"伤疤"到城市花园

经过多年的治理，采煤沉陷区这块曾经深深刺痛着惠农区每位市民神经的伤疤，如今凤凰涅槃，变成了市民休闲健身的打卡地。

从事42年林业工作的张志洪和绿化工程技术负责人马晓平一起见证了七彩园的前世今生。

同期声 张志洪

"七彩园曾经是采煤沉陷区，过去光秃秃一片，十分荒凉。"

同期声 马晓平

"现在七彩园一年四季景色各异，春天赏花，夏天采摘，秋天观叶，冬天看雪压枯枝，是我们老百姓的大花园。"

在七彩园绿化改造工程启动建设11年的日子，记者有幸采访到两位参与过七彩园绿化工程的亲历者，听他们讲述七彩园的"前世今生"。

登上七彩园瞭望台，万亩绿树尽收眼底。难以想象，这里曾是一片因煤而兴、因煤而痛的土地。

由于多年采挖导致地表沉陷，居住在这里的居民生活环境曾经十分恶劣。惠农区严重沉陷区域面积达9.1平方公里，土地、植被遭到了严重破坏，地质灾害频发。马晓平说："现在七彩园所在的地方，最早的时候是个小山，经过40年的开采变成了大坑，最大落差达14米。"

环境的破坏对矿区居民构成严重威胁，近2万户约5万人的生产生活受到影响。"绿化前，七彩园遍地煤矸石、煤灰，风一刮，满天的煤灰，一到雨天，土坑变水坑，居民连门都出不去。"张志洪说。

近年来，从中央到地方都加大力度，对惠农区采煤沉陷区进行生态修复治理，2009年3月20日，七彩园绿化工程正式拉开帷幕。按照适地适树、乔灌结合的原则，惠农区选择火炬、山桃、沙枣、紫叶李、丁香等14种树种，并遵循"一种一园"的思路进行栽植。

同期声 马晓平

"惠农区发动干部职工义务植树，干部职工能吃苦能奉献，干得热火朝天。中午，大家都不回家，带的馒头咸菜，或者是吃盒饭；到了周末，大家放弃休息时间义务植树。"

马晓平感慨地说，就是这样连着干了30天，干部职工在七彩园种下了31万株苗木。

　　如今，11 年时间过去了，七彩园三季有花，四季有绿。马晓平最喜欢在 5 月份，带着家人去七彩园赏丁香花。张志洪翻着手中七彩园植树的纪念相册，仍然激动不已。

　　七彩园内，还修建了中心广场、凉亭、景观道路、蓄水池等工程，并将有代表性的地层断面、地裂缝、复原的采煤矿井等，打造成矿业景观区，作为地质旅游及科普教育基地。2020 年 10 月 23 日，位于七彩园旁边的宁夏煤炭地质博物馆也正式开馆，与市民见面。一张张图片，一件件展品，将"一五"期间在这片土地上奋斗的创业者们不怕牺牲、吃苦耐劳、艰苦朴素、负重拼搏的精神展现得淋漓尽致。

　　经过多年的治理，现在的七彩园已经初步形成有矿区特色、有标志性建筑，绿化、亮化与美化相结合的新景观。

2020 年 11 月 9 日

"老棚户"的新住处

立冬初期,天气渐冷,记者走进惠农区屯园社区,感受到的却是融融暖意。近年来,惠农区扎实推进棚户区改造,为当地居民描绘了一幅崭新而美好的生活画卷。

11月4日,记者来到屯园社区刘占元老人家里,最先映入眼帘的就是阳台上的花花草草。"这是三角梅,花期能保持3个月。这是扶桑,花期只有两三天,但是花朵大,非常好看。"刘占元面色红润,一边给花浇水,一边给记者介绍着,脸上始终带着笑意。

刘占元的家陈设简单,干净整洁,窗前的花草呈现出勃勃生机。记者刚刚坐下,老人就给我们晒起了他的幸福生活。

同期声 刘占元

"这房子95平方米，虽然是一楼，但采光好，平时没事的时候喜欢摆弄这些花。退休快20年了，每天在社区里走走转转，参加一些义务活动，日子过得充实又自在。"

惠农区是石嘴山的老工业基地，20世纪五六十年代，来自全国各地支援西北建设的人们在工矿企业附近安营扎寨，就地取材搭起一间间低矮平房，经历岁月的沧桑已变得破败不堪，形成了与城区环境反差巨大的棚户区，居民生活条件非常艰苦。

同期声 刘占元

"1966年从部队转业来到这里，一下车满脸都是沙子。一家5口挤在两间45平方米的平房里，烧煤取暖做饭，卫生环境差,最关键的是不安全,我先后3次煤烟中毒,有一次差点丢了性命。"

厕所共用、交通不便,回忆起住在河滨街棚户区的日子,刘占元历历在目。他说,2012年1月1日,搬进屯园社区后,生活发生了翻天覆地的变化。住的房子宽敞明亮,水电暖齐全,社区门口就是超市、公交车站,24小时物业,感觉安心舒适。

和刘占元住在同一个社区的王振才,是第一个搬进屯园社区新居的住户,三室两厅的房子宽敞明亮,客厅正墙上挂着的一幅书法作品给整个屋子增添了一缕书香,阳台上摆放的几盆大大小小的花草绿意葱茏。

王振才曾在原石嘴山钢厂当过中学的音乐教师。当年,他们一家人在厂里分配的62平方米的窑洞房里住了整整26年。

同期声　王振才

"以前在钢厂居住的时候条件非常差,一到冬天,屋里门窗不严实,就把人冻得不行。取暖就靠烧煤,下班回来以后屋子都是凉的,得先把屋子弄暖和。"

搬到"老棚户"的新住处一切都发生了巨变。

同期声　王振才

"现在生活环境好了,这个小区全部都是地暖,特别暖和,还不用人管。这边的老人都讲现在搬到这儿生活确实太幸福了,大家都幸福满满、信心满满、自豪满满。"

近年来,惠农区推进城市核心区、小城镇和美丽乡村建设,城乡基础设施更加健全,环境更加优美。先后实施了工矿棚户区、煤矿棚户区、城市棚户区和城中村改造项目,新建棚户区安置住房13248套,完成了河滨街煤矿棚户区、水城民生工矿棚户区改造任务，建成保障性住房3.2万套256万平方米，5万多户"老棚户"住上了宽敞明亮的新房子，常住人口城镇化率达到83%。

在惠农区，棚户区改造作为一项重要的民生工程，给当地居民带来了实实在在的幸福感和获得感。这些变化，也给爱好文艺的王振才带来了源源不断的创作灵感，自从迁入新居，他便把大部分时间投入到社区的文化活动中，带领社区艺术团排练了舞蹈《我爱你中国》、器乐合奏《我们的生活充满阳光》等20多个主题鲜明、形式多样的好节目，经常深入社区、工矿企业进行演出，用自己的方式表达着对美好生活的感悟。

2020年11月10日

盐碱地里"种"出的新希望

同期声 许兴

"对比旁边这块盐碱地，大家就知道这块地之前的盐碱度有多厉害。但是，稷子草却在这里长得很好。"

11月3日，在平罗县高庄乡一座新建人工草场上，宁夏盐碱地改良首席专家、博士生导师许兴兴致勃勃地拿着稷子草给身旁的研究团队介绍。

同期声 许兴

"这块地种了两年的湖南稷子草，土壤盐碱度发生了很大变化，我们正在和技术研发中心合作，把这种稷子草生物改良技术搞清楚，这对整个西北盐碱地改良与高效利用具有重要意义。"

许兴口中的技术研发中心是盐碱地草畜一体化工程技术研究中心，是2017年11月，由宁夏千叶青农业科技发展有限公司成立的研发机构。依托技术研发中心，千叶青与宁夏大学、兰州大学、西北农林科技大学展开深度合作，针对盐碱地土壤改良技术研究与开发和盐碱地高品质畜产品开发，开展盐碱地大数据和精准改良关键

技术研发、耐盐碱饲草种（品种）筛选等关键技术研究。

在盐碱地草畜一体化工程技术研究中心的承担项目研究公示牌上，一行行重量级的科研项目格外引人注目：2018年自治区重点研发项目"银北地区改盐增草关键技术研究与示范"；2019年自治区重点研发计划重大项目"宁夏盐碱地草畜一体化技术创新与集成示范"；农业农村部"2019年宁夏石嘴山市平罗县饲草区域性良种繁育基地建设项目"。除此之外，企业自主研发的有关盐碱地改良和草畜繁育的项目还有十几个。

同期声 宁夏千叶青农业科技发展有限公司董事长韩千

"很多人都曾问过我，一个学医的怎么就对农业感兴趣，还对盐碱地这么着迷？其实我是在盐碱地上栽过跟头的。"

2013年，平罗县开展农村土地改革，韩千看准了因畜牧业高速发展带来的巨大饲草市场潜力，成立了宁夏千叶青农业科技发展有限公司，在头闸镇流转了 1300 亩土地种植苜蓿，然而第一年就因为土地返碱、出苗率低，铩羽而归。

同期声 宁夏千叶青农业科技发展有限公司董事长韩千

"从那时候起，我就开始跑各大高校和科研院所，一是要解决种植技术的问题，二是研究解决盐碱地的问题。那时我才发现，国内研究盐碱地的人还真不少。对比了很多专家给出的治理方案，每亩最低 700 块钱的治理成本企业还是无法承担。当时有人劝我说，换一个地方搞吧，但我觉得，既然盐碱地出现在这个地方，就一定有它存在的价值。"

韩千了解到，宁夏的优质农产品其实都和盐碱地有着很大关系，在逆境条件下，生物本身的品质会得到提升，盐碱地不是不能产出，而是难以直接产出经济价值较高的植物。

同期声 宁夏千叶青农业科技发展有限公司董事长韩千

"我当时就设想，如果我种植一些可以改良盐碱地的草，达到改良土壤的目的，再在草场上放牧、养羊，通过羊来实现土地的产出会怎样？我的想法立刻得到了许兴教授的肯定。我就按照这个思路去发展，去求才。"

姚珊是韩千招入的第一个硕士，她几乎参与了公司所有的科研项目，她主持研究的湖南稷子改良盐碱地试验，通过生物改良技术，用 3 年时间就把轻度、中度盐碱地变成了亩产超 1 吨的苜蓿高产田，受到许多国内研究盐碱地改良技术的专家学者关注。

同期声 姚珊

"当时，借助自治区、市盐碱地治理的东风，我们依靠水利排灌工程措施和农艺、生物等措施，先后种植了紫花苜蓿、稷子草等优质耐盐耐碱牧草，顺利完成了公司盐碱地的改良与综合治理，让我们对未来充满信心。"

让姚珊充满信心的不仅仅是企业取得的成绩，还源自公司的一些"特殊"的规定：公司前5年，股东不许撤资和分红，要持续投入科研；公司任何人不能向政府申请任何资金；无论在选择产品还是在对外寻求合作，都要对标国际标准……

同期声 宁夏千叶青农业科技发展有限公司董事长韩千

"曾经有人跟我说，在中国，搞农业离开政府支持就搞不成。也有股东在看到企业有所好转之后，提出减缓科研投入，扩大规模，争取更多收益，我都拒绝了。千叶青需要踏踏实实、专心专注的干事精神来推动发展，需要争创一流、成就卓越的企业愿景来吸引更多的有才之士加入。现在看来，这些做法都是正确的。"

如今，宁夏千叶青农业科技发展有限公司拥有职工27人，其中科研人员就有10人。本科以上学历的职工占到全公司职工总人数的80%。每年来参观考察的国家级农业专家就有40余人，不仅活跃了企业的科研氛围，为企业发展提供了强大动力，更加速了企业的科技化进程。

同期声 姚珊

"明年这个课题就可以结题了，通过研究，我们根据草场的生物量，掌握了一亩地能承载多少牲畜，来达到草场的生态平衡。"

站在新建的千叶青草畜一体化现代示范草场，姚珊充满憧憬。在这里，种植优质牧草的草场被划分成 15 个牧区，公司选育的优质滩羊定时循环放牧，既提高了羊的品质，又能提高牧草的产量，还能对土地进行持续改良和修复。

同期声 宁夏千叶青农业科技发展有限公司董事长韩千

"我们建设这个草畜一体化牧场，就是想要在生态保护、盐碱地利用、载畜量之间找到盐碱地改良与利用的最佳结合点。在这种环境模式下，我们主打的'盐碱地里走出的低脂羊'在江浙沪很受欢迎，价格也卖到了 160 多元一公斤。如果周边的百姓都按照我们这个标准去养，收入肯定会再上一个台阶。"

2020 年 11 月 11 日

受益于邻 受惠于链
——链式发展助力惠农区经济稳增长

2019年5月,惠农区升起一颗工业新星——北京建龙集团重组申银特钢,成立宁夏建龙龙祥钢铁有限公司。

截至目前,宁夏建龙累计投入30亿元,对炼钢全套装备进行智能化改造,当年钢材产量116.12万吨,占自治区总产量的38%,创历史最高水平。

同期声 宁夏建龙龙祥钢铁有限公司副总经理姜敏

"我们的钢铁产业链整体提升改造项目还在继续,主攻方向为装备智能化、管理信息化,预计全年生产钢材

350万吨，实现工业产值200亿元，同比增长83.5%，税收超5亿元，解决有效就业5000余人。"

落户宁夏至今一年半，宁夏建龙已经成为自治区冶金行业和石嘴山市工业经济增长的新亮点。

对申银特钢钢铁产业链整体提升改造项目充满期待的不仅是建龙集团。距离宁夏建龙20分钟车程的宁夏恒力钢丝绳有限公司，期待着该项目建成投用后为其提供配套高强线材原料。

同期声 宁夏恒力钢丝绳有限公司董事长高小平

"我们的钢丝绳主要用于航天等领域，服务于国家战略，对原材料要求比较高，以前多采用鞍钢、宝钢、酒钢的产品。下一步，申银特钢钢铁产业链整体提升改造项目建成后，可满足我们的产品需求，降低生产成本，达成互赢。"

受益于邻、受惠于链的还有宁夏恒力生物新材料有限公司。

据该公司总经理毕志强介绍，依托中科院微生物研究所第三代月桂二酸全套生产技术，公司正建设年产5万吨月桂二酸项目，项目具有生产条件温和、原料转化率高、环境友好的特点。项目建成投产后，将推动我国长链聚酰胺产业快速发展。

同期声 宁夏恒力钢丝绳有限公司总经理毕志强

"离我们不远的日盛江盐公司是通过'以商招商'来的企业，能给我们提供主原料——轻质液体石蜡，而我们的产品又可以运往宁东能源化工基地，形成一个循环良好的上下游产业链。多方助力之下，我们有信心，也有义务，力争生产规模成为全球前列国内一流，在当前国内大循环为主、国内国际双循环相互促进的新发展格局中尽到企业应尽的责任。"

"追根溯源"产业链上游项目，"顺藤摸瓜"产业链下游项目，引进多家配链补链企业……近年来，惠农区努力构建多元化中高端现代产业体系，谋划推动宁夏建龙、日盛实业等5个专业产业板块，招大引强，延伸产业链条。推动宁夏建龙与恒力钢丝绳、嘉峰化工等企业形成产品供给链；依托日盛实业，引进日盛江盐、世东科技、

彩妍科技等企业协同配套,形成高端精细化工产业链;依托恒力年产 5 万吨月桂二酸项目,围绕生物原料、化工原料、聚酰胺材料、聚酰胺制品等产品,打造月桂二酸—尼纶基材—聚酰胺制品上下游联动产业链;依托开德来年产 3 万吨磷材料项目,利用本地丰富的基础原料资源、蒸汽及电力成本优势,建设国内规模最大、国际技术领先的光敏材料产业园;依托万香源一期项目,形成 6.87 万吨香精香料产能,打造全国规模大、专业化程度高、技术领先的香精香料产业园区。

通过产业链招商、以商招商,惠农区推动产业结构进入空间上集聚、上下游协同、供应链集约的良性轨道,跑出了招商引资良性互动的加速度,打通了产品与产品间的内部循环、企业与企业间的互补循环、产业与产业间的链式循环,企业实现低成本循环,"三废"排放明显下降，生产要素综合利用率、固废综合利用率显著提高。据统计，惠农区以产业链为纽带推进产业集群发展、循环发展、绿色发展，循环经济产业链关联度已达87%，产品高端化趋势越来越明显。

2016年，惠农区GDP增长仅为6.6%，位列自治区第17位；规上工业增加值增长6%，低于自治区1.5个百分点。2018年以来，地区生产总值、固定资产投资、规上工业增加值等主要经济指标增幅连续两年位居自治区前列；2020年上半年，尽管受疫情等不利因素影响，这三项指标增幅仍然分别高于自治区平均水平6.8、12.2和15.1个百分点。

2020年12月25日

宁夏最北小村子的老故事

宁夏最北端的北极村，入冬以来一直在期待着黄河流凌的到来，这里是黄河流经宁夏397公里的临界点，过了这里，黄河就流入内蒙古的地界。

进入北极村，一座毛主席的塑像和一个纪念碑映入眼帘。毛主席塑像面态慈祥，挥手示意；纪念碑正面写着"毛主席万岁"，两侧分别是"工业学大庆，农业学大寨"，看到这些，仿佛一下被毛主席召唤到了20世纪60年代。继续往里走，一个大院门口挂着知青纪念馆的牌子，斑驳的大院墙上写着"自力更生、艰苦奋斗"八个大字，广场上满腔热血的人物雕塑，让人不禁回忆起在艰苦的条件下，劳动人民在戈壁荒野手拿锹铲开辟农田的身影。

　　北极村的前身是原石嘴山矿务局一矿北农场,始建于1958年。农场组建初期,主要是为了解决矿工家属工作,改善职工伙食。20世纪六七十年代,来自上海、天津、江苏等地的广大知识青年积极响应党和国家的号召,带着激情、怀着梦想,从繁华的都市来到了这里,参加"三线"建设。他们冒严寒、战酷暑,开荒造田、挖渠饮水、修路架桥……为"三线"建设作出了历史性的贡献。广大知青把新思想、新文化、新风尚带到这里,教育影响了一代又一代人。他们把青春年华、智慧财富甚至宝贵的生命都无私奉献给了这片热土。

　　2009年,神华宁夏煤业集团公司决定,依托自治区黄河金岸工程的精神和自然四合木生态保护区的地理优势,充分利用"北农场"的现有资源,投资近400万元,先后保护性恢复了知青纪念馆、知

青居住点、知青食堂，新建了拓展中心、农家乐、垂钓中心等设施，铺设和硬化了场内道路，制作了相关内容的雕塑。2016年，"北农场"因保存现状较好、价值较高，被列入"石嘴山市工业遗产名录"，列入石嘴山工业旅游开发项目。"北农场"食堂及知青纪念馆被列入宁夏历史建筑名单并进行保护。

如今，作为惠农区同时也是宁夏最北端的一处红色教育基地、拓展基地、旅游景点，"北农场"被冠以北极村的响亮名称，以其厚重的历史底蕴和旖旎的田园风光，敞开胸怀迎接八方游客。

2020年12月25日

百年水旱码头石嘴子

沿着黄河西岸的滨河大道一路向北前行，越靠近石喇叭，河岸的地势就越高，黄河边巍然挺立的如嘴巨石，俗称石嘴子，此处即石嘴山地名的来历，岁月沧桑，雄风依然。

石嘴子曾是一个码头，是宁夏三大官渡之一，自秦汉时期就承担了宁、蒙、陕、甘、青等地的贸易进出口重任。随着时代的发展，石嘴子码头的功能逐渐减退，默默隐退于时光中。为保护石嘴子码头遗址，重现渡口历史风貌，惠农区于2020年4月启动了石嘴子码头遗址修复项目，在石嘴子岩体上部建了一条木栈道，在石嘴

子岩体下部建了一条生态廊道，使游人能近距离观赏地质岩层的形态及黄河的雄伟壮阔。

行走在崖壁边，看那被黄河长期冲刷的崖壁，酷似一个个栩栩如生的动物造型，像虎口狮嘴，又像飞鹰的翅膀。

在石嘴子码头公园，记录了码头的历史过往，复现了清朝末年码头交易的场景。早在秦汉时期，黄河石嘴子段就有船只往来，形成远近闻名的水运码头，别称风铃古渡。到了清朝，石嘴子码头在宁夏的几处互市夷场中，商贸十分繁荣。清末，驻天津的英、德商人在石嘴山开设洋行，利用该渡口转运西北地区的皮毛。

1951年国营石嘴山渡口成立。随着经济发展，黄河石嘴子渡口运输业日益发达，赶到旺季，在码头等候摆渡的汽车、拖拉机、畜力车，河东、河西赶集的人有时排队达1公里长。1988年，随着渡口处石嘴山黄河公路大桥竣工通车，取代了渡口摆渡，至此，繁荣的码头景象消失。

如今，黄河上架起一座座大桥，宁夏和内蒙古的往来更加方便，在惠农区，经常会看见内蒙古的车辆，或是听见内蒙古的方言。尤其是医疗方面，内蒙古的很多病人来石嘴山市惠农区看病，医院已成为宁北蒙西区域医疗中心之一。

如今，石嘴山也不再通过河运将皮毛运送到天津，输至国外。取而代之的是通过铁路、公路运输与天津港、曹妃甸港连接，实现海铁联运、海陆联运。古有宁夏三大官渡之一的石嘴子码头，今有宁夏"三大口岸"之一的惠农陆路口岸，惠农陆路口岸运行10年来，累计实现货物吞吐量29万标准集装箱，出口货物价值达89亿元，缴纳关税、进出口增值税4.6亿元。使者相望于道，商旅不绝于途。在古老的丝绸之路上，石嘴山"一带一路"节点城市的作用愈加明显。

2020年12月30日